[1000 Gefahren]

Die spektakuläre Reise ins Schwarze Loch

Aus dem Englischen

RAVENSBURGER BUCH

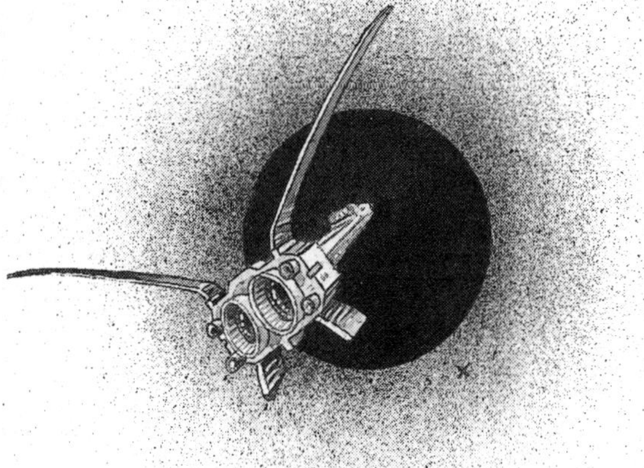

Mit Bildern von Felix Scheinberger

Deutsche Erstausgabe
als Ravensburger Taschenbuch
Band 2145
erschienen 1999

Die Originalausgabe erschien 1990
bei Bantam Books, a division of Bantam
Doubleday Dell Publishing Group Inc.,
New York
unter dem Titel „Through the Black Hole"
CHOOSE YOUR OWN ADVENTURE® # 97:
THROUGH THE BLACK HOLE
von Edward Packard

Umschlagillustration: Felix Scheinberger

RTB-Reihenkonzeption:
Heinrich Paravicini, Jens Schmidt

Printed in Germany

**Die Schreibweise entspricht den Regeln
der neuen Rechtschreibung.**

5 4 3 2 1 03 02 01 00 99

ISBN 3-473-52145-0

ABENTEUER

1000 GEFAHREN

Du entscheidest selbst!

Warnung !!!

Lies dieses Buch nicht von der ersten bis zur letzten Seite durch. Du kannst hier viele verschiedene Abenteuer erleben – Abenteuer, die dir passieren könnten, wenn du versuchen würdest, dein Raumschiff durch ein Schwarzes Loch zu manövrieren.

Beim Lesen musst du hin und wieder eine Entscheidung treffen. Und diese Entscheidung kann dich zum Erfolg oder in die Katastrophe führen!

Die Abenteuer, die du erleben wirst, sind das Ergebnis deiner Entscheidung. Du bist verantwortlich, weil du dich für den einen oder anderen Weg entscheidest. Nachdem du dich für eine Möglichkeit entschieden hast, musst du den Anweisungen folgen. Dann wirst du erfahren, was als Nächstes passiert.

Überlege gut, bevor du dich entscheidest. Wenn du einmal die Anziehungskraft der Erde verlassen hast, ist nichts mehr, wie du es gewohnt bist. Auch wenn es dir gelingt, das Schwarze Loch zu durchfliegen und auf der anderen Seite wieder herauszukommen, heißt das nicht notwendigerweise, dass deine Mission ein Erfolg war.

Trotzdem – viel Glück!

Noch nie in deinem Leben warst du so aufgeregt. Du hast vor kurzem deine Abschlussprüfung an der Raumfahrt-Akademie gemacht. Jetzt wartest du vor dem Büro von Dr Andre Bartok, dem Direktor für Interstellare Forschung. In wenigen Minuten wirst du deinen ersten Weltraumauftrag erhalten.

Als du das Büro betrittst, sieht der Direktor vom Bildschirm seines Computers hoch. „Kommen Sie herein. Ich habe Sie schon erwartet."

Er lächelt dich kurz an, dann bedeutet er dir mit einer Handbewegung, dass du dich auf der anderen Seite seines langen, halbmondförmigen Schreibtisches setzen sollst.

Du siehst dich in seinem Büro um. Eine riesige Abbildung des Canopus-Sternensystems bedeckt eine ganze Wand. Gegenüber steht ein holographischer Bildschirm. Durch das Glasfenster hinter dem Schreibtisch siehst du das neue Raumschiff *Athena,* das dort auf dem Asphalt geparkt ist.

Du hältst die Luft an, als Dr Bartok in deiner Akte nach deinem ersten Einsatzbefehl sucht. Es kommt dir wie eine Ewigkeit vor. Dann sieht Dr Bartok wieder von seinem Bildschirm hoch. „Auf der Raumfahrt-Akademie haben Sie hervorragende Leistungen erbracht. Sie waren fast immer Jahrgangsbester. Und ich will Ihnen eine Mission von äußerster Wichtigkeit übertragen. Sie sollen die *Athena* steuern."

Du fällst beinahe vom Stuhl. Deine bisherigen Erfahrungen hast du im Simulator oder auf Trainingsflügen gesammelt – die *Athena* hingegen ist das modernste Raumschiff der Raumflotte. Sie kann mit unglaublicher Geschwindigkeit fliegen und besitzt eine großartige Manövrierfähigkeit.

Lies weiter auf Seite 10

„Wollen Sie die Aufgabe übernehmen?", will Dr Bartok wissen.
„Natürlich möchte ich, doch ich habe angenommen, dass Sie für eine solche Mission einen erfahreneren Astronauten brauchen?"
„Das ist richtig", antwortet Dr. Bartok mit einem Lächeln. Doch dann nimmt sein Gesicht einen ernsten Ausdruck an. „Sie sind jung. Das ist der Grund, warum wir Sie ausgewählt haben. Die Mission erfordert, dass Sie sich in einen sehr langen künstlichen Tiefschlaf versetzen lassen und mindestens zwei größere Zeitsprünge überstehen. Unsere Tests haben gezeigt, dass nur jemand in Ihrem Alter die damit verbundenen Strapazen aushält. Wenn Sie zehn Jahre älter wären, würden Sie diesen Zustand der vorübergehenden Leblosigkeit, in den wir Sie versetzen müssen, nicht überleben."
„Ich verstehe", sagst du nach kurzer Zeit, wirst aber etwas nervös. „Um was geht es bei dieser Mission, Dr Bartok? Es ist doch nicht die erste Forschungsfahrt zum Plejaden-Sternensystem, über das ich Gerüchte gehört habe?"
Dr Bartok gibt in seinen Computer ein Kennwort ein. Das Licht im Büro wird etwas gedämpft und auf dem holographischen Bildschirm taucht eine Projektion der Milchstraßen-Galaxie auf.
„Wir planen eine viel gefährlichere Mission – eine Reise in ein anderes Universum. Wir wollen die *Athena* durch das MX12 schicken, ein Schwarzes Loch, das in der Mitte unserer Galaxie liegt."

Lies auf der nächsten Seite weiter.

Dir hat es die Sprache verschlagen und du denkst an alles, was du auf der Akademie über Schwarze Löcher gelernt hast.
Schwarze Löcher entstehen dort, wo Materie zusammengepresst wird. Die Anziehungskraft ist so groß, dass nicht einmal Licht durchdringen kann. Das ist auch der Grund dafür, dass es vollkommen schwarz aussieht, wenn man nahe genug dran ist. Das allein ist schon erschreckend, aber noch erschreckender ist, dass alles, was in ein Schwarzes Loch gerät, immer weiter hineingezogen wird, bis zu einem Punkt, an dem die gesamte Materie so sehr zusammengedrückt wird, bis sie nicht mehr existiert.
Einige Wissenschaftler sind der Auffassung, dass Materie nicht ganz verschwinden kann, sondern dass sie irgendwohin muss. Sie glauben, dass es in den Schwarzen Löchern „Wurmlöcher" gibt, die an einen anderen Ort und in eine andere Zeit führen. Es ist schon unheimlich, wenn man sich vorstellt, dass man solch eine Theorie überprüfen soll.

Lies weiter auf Seite 12

„Du lieber Himmel, Dr Bartok, hat die *Athena* überhaupt eine Chance durch das Schwarze Loch zu kommen?", willst du wissen. „Würden nicht die verschiedenen Anziehungskräfte jedes Raumschiff in seine Neutronenbestandteile zerreißen, bevor es das Wurmloch erreicht hätte?"

Dr Bartok betrachtet das Dokument, das gerade aus dem Faxgerät kommt. „Das stimmt im Allgemeinen, aber die Anziehungskräfte nehmen proportional zur Größe des Schwarzen Lochs ab. Wenn sich das Schwarze Loch um sich selbst dreht und groß genug ist, ist es theoretisch möglich durchzukommen", gibt Dr Bartok zur Antwort.

Die Worte „theoretisch möglich" stimmen dich nachdenklich. Keine Theorie ist bewiesen, bevor sie nicht überprüft wurde. Und weder das menschliche Gehirn noch der größte Computer können mit Sicherheit voraussagen, was in einem Schwarzen Loch passieren wird. Sollst du von einer wissenschaftlichen Theorie ausgehend dein Leben aufs Spiel setzen.

Dr Bartok hat wohl deinen zweifelnden Gesichtsausdruck gesehen. „Natürlich müssen Sie diese Mission nicht übernehmen. Wenn Sie in Ihrem Personalfragebogen nicht geschrieben hätten, dass Sie für *jede* Aufgabe bereit seien, hätte ich Sie nicht hierher gebeten. Es gibt noch eine andere Möglichkeit: Wir schicken das Schwesterschiff der *Athena,* die *Nimrod,* bis an den Rand des Schwarzen Lochs mit. Sie wird als Unterstützungs- und Beobachtungsschiff dienen. Natürlich ist es schon gefährlich, bis zum Rand des Schwarzen Lochs zu fliegen … Also, wenn Ihnen beides zu gefährlich ist, teile ich Sie auch gern dem Transportdienst zu.

Lies auf der nächsten Seite weiter.

Du hast keine besonders große Lust, in der Nähe eines Schwarzen Lochs dein Leben zu riskieren. Aber die nächsten zehn Jahre beim Transportdienst zu verbringen und Rilium-Kristalle von Vega 9 zu holen ist keine echte Alternative.
„Ich nehme das Kommando an, Sir."
Dr Bartok steht auf und geht um den Schreibtisch herum.
„Das freut mich sehr", sagt er. „Und wollen Sie versuchen, mit der *Athena* durchs Schwarze Loch zu fliegen, oder wollen Sie die Aufgabe auf dem Beobachtungsschiff *Nimrod* übernehmen?"

Wenn du mit der ATHENA fliegst, lies weiter auf Seite 22

Wenn du lieber mit der NIMROD fliegen willst, lies weiter auf Seite 72

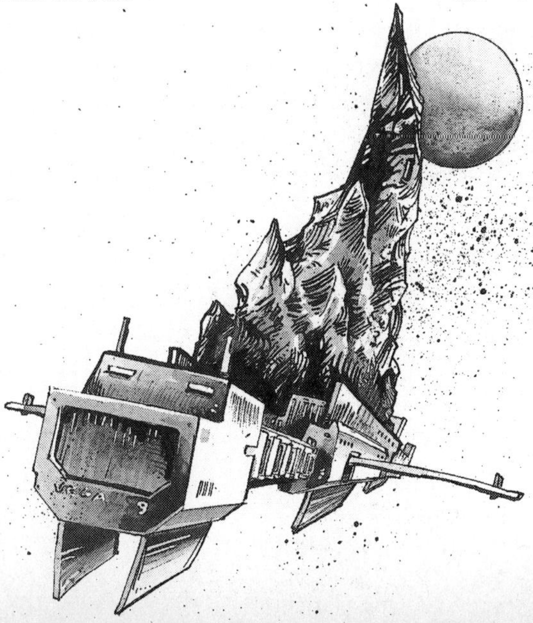

Cape Canaveral – drei Wochen später. Noch 60 Sekunden bis zum Start. Die *Athena* steht an der Startrampe. Du und dein Copilot Nick Torrey sitzt angeschnallt auf euren Sitzen in der Kommandokapsel. Der Bordcomputer Mark VII funktioniert ohne Probleme. Er ist darauf programmiert, die *Athena* genau bis zum Rand von MX12 zu bringen – dem riesigen Schwarzen Loch im Zentrum der Galaxie.

Die ganze Welt verfolgt an den Bildschirmen den Verlauf des Count-downs. Die meisten Leute haben deine Mission als die wichtigste Raumforschungsmission in der Geschichte bezeichnet. Ein paar meinten jedoch, es sei eine Verschwendung von Steuergeldern und vielleicht ein unnötiges Opfern von Menschenleben.

Einige der besten Wissenschaftler der Welt sagen, dass ihr es nicht schaffen werdet; dass niemand eine Reise durch ein Schwarzes Loch überleben würde. Nach allem, was du weißt, haben sie wahrscheinlich Recht. Du schaffst es vielleicht nicht, aber jetzt ist es zu spät, die Meinung zu ändern. Ein grünes Licht auf deiner Instrumententafel blinkt.

Neun, acht, sieben, sechs, fünf, vier, drei, zwei, eins – die *Athena* hat abgehoben!

Lies weiter auf Seite **38**

Als du erwachst, scheint alles, was passiert ist, ein Traum gewesen zu sein – Baru-Kamm, die Reise durchs Schwarze Loch, der Flug durch den apfelgrünen Weltraum, an den glatten, grauen Planeten vorbei und dann durch die dicke, lehmartige Planetenoberfläche. Am merkwürdigsten findest du die Erinnerung an die verkehrte Welt unter der Oberfläche mit den blauen Moosfeldern und mehrfarbigen Pflanzen, den auf dem Kopf stehenden Bergen und den violettfarbenen Ozean am Himmel …

Du blickst zu Nick hinüber. Er sieht ganz benommen aus.

„Nick, wann bist du aufgewacht?"

„Vor ein paar Minuten", antwortet er. „Ich habe mir gerade überlegt, ob wir wirklich durch das Schwarze Loch geflogen sind oder ob ich das nur geträumt habe."

„Ich glaube, wir sind wirklich durchgeflogen. Es sei denn, wir haben beide das Gleiche geträumt", antwortetst du.

„Das war merkwürdig. Ich kann mich gar nicht beruhigen."

„Ja, merkwürdig war es", sagst du. „Aber in diesem Augenblick mache ich mir eher Sorgen darüber, wie wir nach Hause kommen."

Du bist erleichtert, dass dir ein paar Sternenkonstellationen bekannt vorkommen. Schnell orientierst du dich an einigen Sternen und tippst die Daten in den Computer ein.

Ein paar Sekunden später zeigst du auf den Bildschirm.

„Nick, der Computer hat berechnet, dass wir nur 40 Lichtjahre von der Erde entfernt sind."

„Das hilft uns auch nicht mehr. Schau auf den Monitor 3", sagt er. „Wir haben überhaupt keinen Treibstoff mehr."

16

Lies weiter auf Seite 69

Du siehst aus den Lukenfenstern: auf allen Seiten der gleiche apfelgrüne Dunst – außer direkt hinter dem Schiff. Dort entdeckst du einen kleinen weißlichen Fleck am Himmel.
„Kommen wir von dort?“, fragst du Nick.
„Kein Zweifel! Ich beobachte diese Stelle, seitdem ich aufgewacht bin. Sie wird von Minute zu Minute kleiner.“
„Also ist das Schwarze Loch auf dieser Seite weiß!“
„Wenigstens haben wir das herausgefunden“, meint Nick. „Und dieses Universum muss mit Gas angefüllt sein, sonst würde es wie in unserem Universum schwarz aussehen.“
„Aber wenn es so wäre, dann müsste das Schiff langsamer werden und sich erhitzen, so wie es geschieht, wenn wir in die Atmosphäre eines Planeten eintreten.“
Nick sieht dich einen Moment nachdenklich an. „Du hast Recht.“ Er drückt am Computer ein paar Tasten. „Das überrascht mich. Unsere Sensoren können sich den grünlichen Schimmer um uns herum nicht erklären.“
„Ich nehme an, er wird von einem physikalischen Gesetz ausgelöst, das es bei uns nicht gibt“, entgegnest du.
„Wir werden nicht erforschen können, was diese Gesetze besagen“, sagt Nick. „Unsere Sensoren zeigen nichts an, außer dass wir mit unbegrenzter Geschwindigkeit fliegen.“
„Lass uns ausprobieren, ob das Schiff noch manövrierbar ist.“
Du gibst dem Computer die Anweisung, die Energiezufuhr zuerst zu erhöhen und dann zu drosseln, dann das Schiff in verschiedene Richtungen zu drehen. Alles funktioniert, nur sehr schwerfällig. Die Zeit scheint hier langsamer zu vergehen als in eurem Universum.

Lies weiter auf Seite 73

Plötzlich bekommst du wieder Hoffnung: Eine runde, graue Kugel, die wie ein Planet aussieht, wird, während ihr näher kommt, immer größer. Bald siehst du dutzende dieser Kugeln, die alle verschieden groß sind, doch sie kommen dir alle so glatt wie Billardkugeln vor.

„Es sieht nicht so aus, als ob dort menschliches Leben möglich wäre", meint Nick.

„Nein, aber wir sollten so nah wie möglich heranfliegen, um einen genaueren Blick darauf werfen zu können."

Die *Athena* fliegt schnell an einigen der glatten, grauen Planeten vorbei. Ihr seht einen, der die Größe der Erde zu haben scheint.

„Lass uns zu dem hier fliegen", sagst du.

Nick zeigt mit dem Daumen nach oben und signalisiert dir damit, dass er verstanden hat.

„Ich werde uns jetzt auf diesen Kurs bringen", sagt er. „Ich werde die Bremstriebwerke in Bereitschaft halten – wir wissen ja nicht, wie stark die Anziehungskraft dieses Planeten sein wird."

„Gute Idee", antwortest du. Aber bald merkt ihr, dass die Anziehungskraft kein Problem sein wird. Eure Anfluggeschwindigkeit verlangsamt sich, obwohl ihr mehr Energie gebt!

Lies weiter auf Seite 77

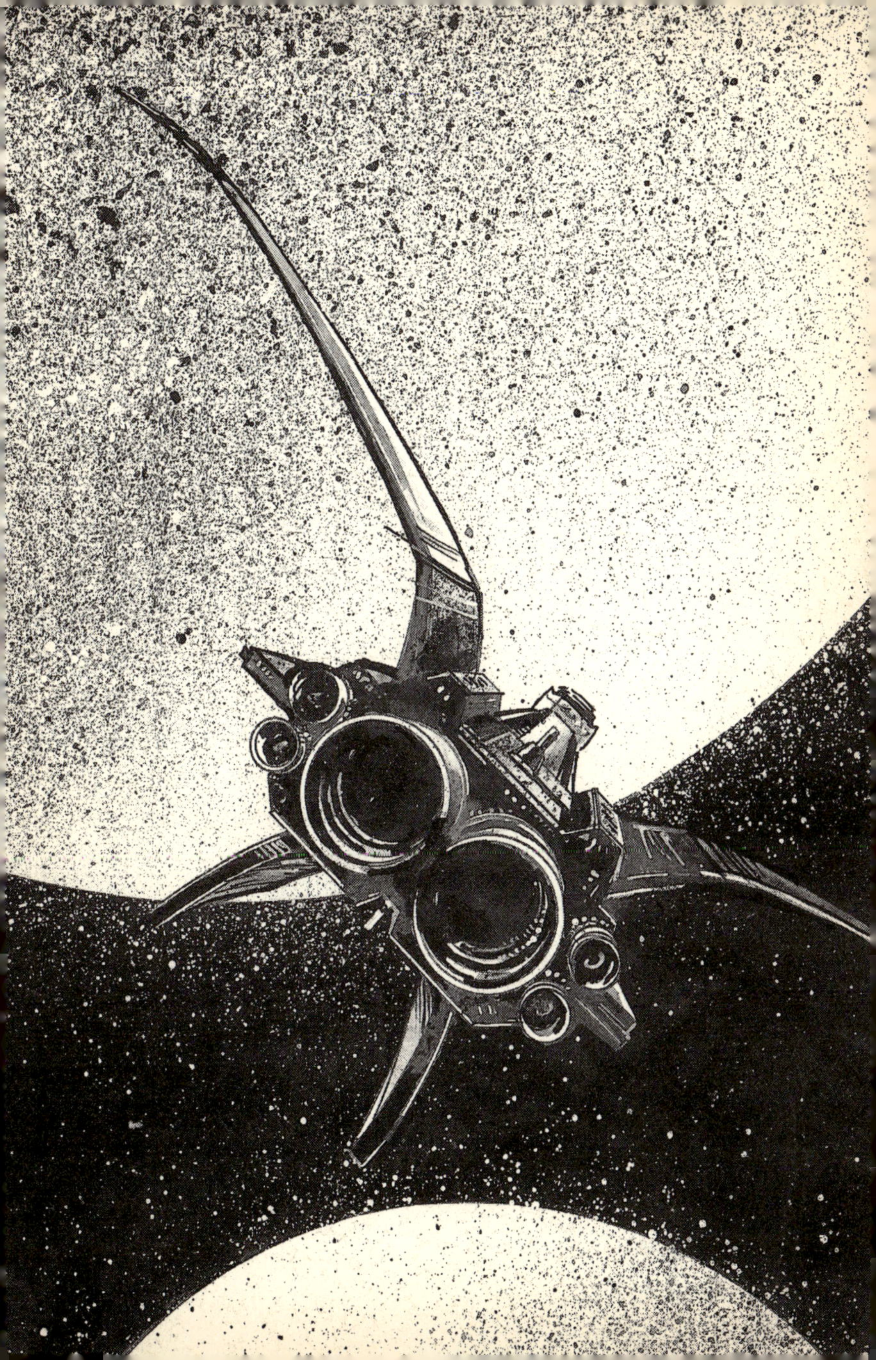

Plötzlich wird Nick kreidebleich. Ein rotes Licht am Kontrollmonitor blinkt. Eine gefährliche Störung ist aufgetreten. Nick starrt dich an.
„Warum musste das jetzt passieren?" Er hämmert auf die Computertastatur ein, um genaue Daten über die Störung zu erhalten. Deine Augen kleben am Monitor.
„Es ist dieses schreckliche Kraftfeld, in dem wir uns gerade befinden. Mach schon, Computer, wir brauchen Informationen."
Der Computer antwortet schnell, aber die Nachricht auf dem Bildschirm macht dich nicht gerade glücklich.

Leck im Steuerbord-Triebwerk.

Zustand fortschreitend.

Not-Reparatur EV notwendig.

Vorgehensweise: 42-553.

Voraussichtliche Zeit bis zur Unumkehrbarkeit: 88 Sekunden, 87, 86, 85 ...

Du musst mit Nick nicht darüber reden, was das bedeutet. Ihr seid beinahe auf jeden Notfall vorbereitet.
„Not-Reparatur EV" bedeutet, dass einer von euch beiden aus dem Raumschiff aussteigen und den Schaden reparieren muss. „Zustand fortschreitend" bedeutet, dass das Leck jede Sekunde größer wird. Falls der Computer Recht hat, wird die Hülle des Raumschiffs in weniger als einer Minute ganz aufreißen.

Lies auf der nächsten Seite weiter.

„Willst du die Reparatur ausführen oder soll ich?", fragt Nick. Dahinter steckt nicht die Frage, wer von euch beiden mutiger ist, sondern wer den Riss schneller reparieren kann.
Du bist sportlicher als Nick. Du könntest schneller an der schadhaften Stelle sein. Aber Nick ist der bessere Mechaniker. Eure Entscheidung könnte über Gelingen oder Misslingen der ganzen Mission bestimmen.

Wenn du die Reparatur selbst ausführst,
lies weiter auf Seite **26**

Wenn Nick die Reparatur ausführt,
lies weiter auf Seite **76**

„Ich versuche mein Glück mit der *Athena*“, antwortest du.
Dr Bartok nickt lebhaft: „Ausgezeichnet – ich wünschte, ich könnte selbst mitfliegen. Wenn Sie es schaffen, werden Sie Dinge sehen, die man auf der Erde, ja in unserer Galaxie niemals zu Gesicht bekommen würde – Dinge, die im wahrsten Sinne des Wortes außerhalb dieses Universums liegen!“
„Wer wird mein Copilot sein, Sir?“
„Nick Torrey.“
Was für ein Glücksfall! Nick ist einer deiner besten Freunde.
„Ich bin schon sehr aufgeregt“, sagst du.
Du erwähnst nicht, dass du auch Angst hast. Wenn die Mission nicht erfolgreich verläuft, wirst du durch die enormen Kräfte des Schwarzen Lochs in ein paar Trillionen Neutronenteilchen aufgelöst.

Lies weiter auf Seite 14

„Lass uns das Schiff wieder wenden", schlägt Nick vor. „Dann zeigt der Bug wenigstens in die Richtung, in die wir uns bewegen."

Ihr braucht wieder eine Stunde, um das Schiff auf den ursprünglichen Kurs zu bringen. Jetzt ist der weiße Fleck überhaupt nicht mehr zu sehen.

Nick seufzt. „Ich nehme mal an, wir stecken in diesem Universum fest." Während er das sagt, verschlägt es ihm die Sprache.

„Es ist noch schlimmer", antwortest du. „Falls uns nicht vorher der Sauerstoff ausgeht, werden wir verhungern."

„Hey, sieh dir das an!", ruft Nick und zeigt nach draußen, wo er rechts vor dem Schiff etwas entdeckt hat.

Lies weiter auf Seite **18**

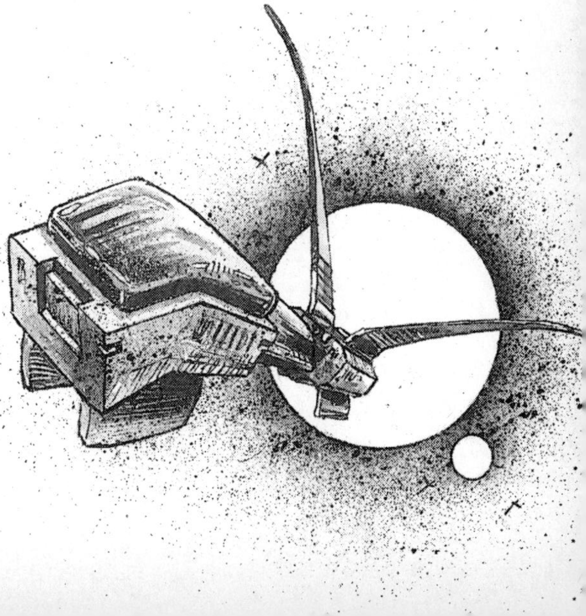

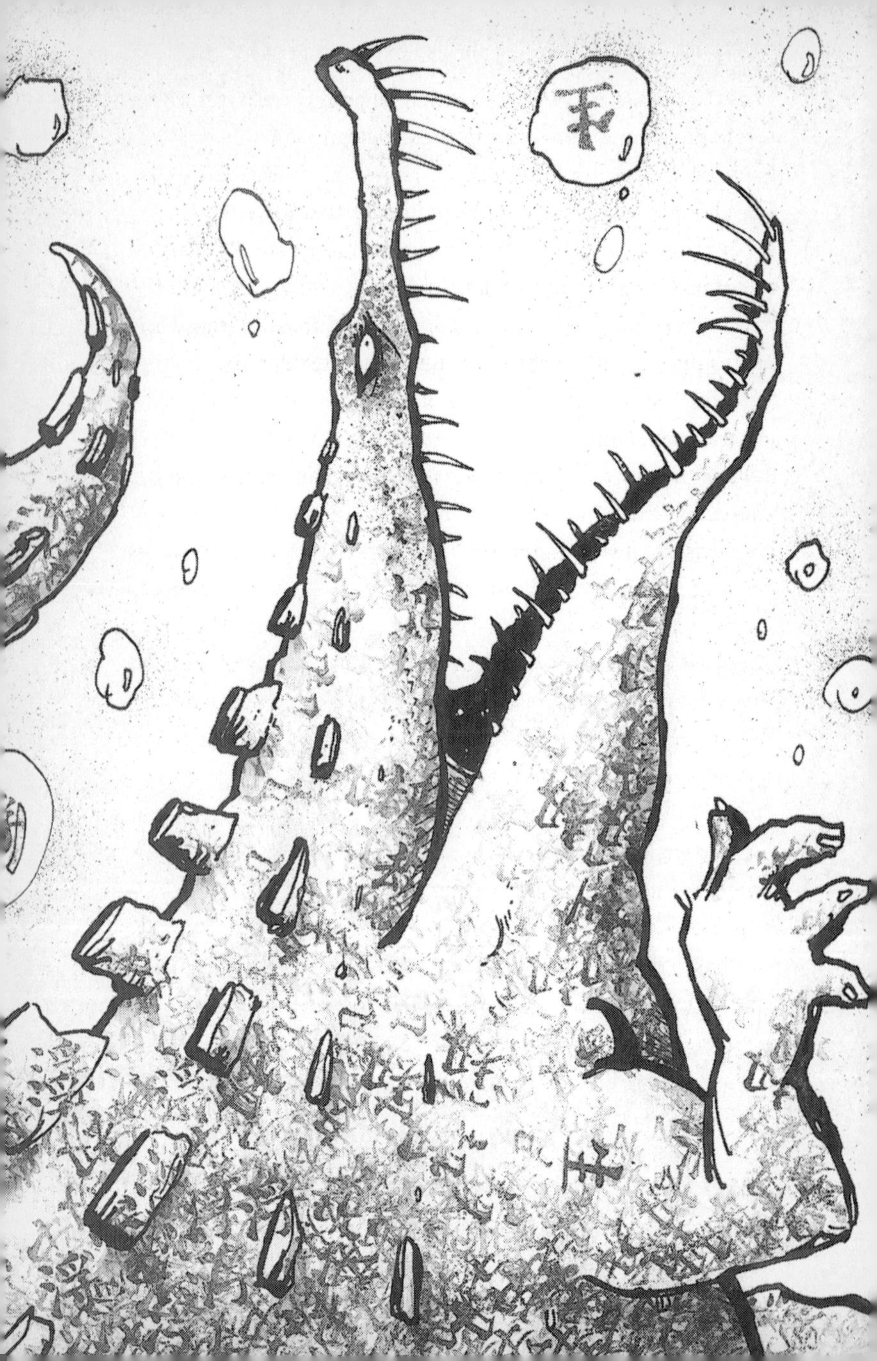

„Lass uns unser Glück versuchen“, sagst du. „Auf der anderen Seite sieht es wirklich interessant aus.“

Nick läuft zum Flussufer und starrt auf das fließende Gewässer. „Ja, falls wir es bis auf die andere Seite schaffen …“

Du nimmst einen Stock, wirfst ihn in die Mitte des Flusses und schaust zu, wie er mit der Strömung treibt. „Warum sollten wir es nicht schaffen hinüberzukommen?“, fragst du. „Der Fluss ist nicht sehr tief – und schau dir den Stock an –, wir könnten schneller schwimmen als die Strömung, wenn wir müssten.“

„Okay“, antwortet Nick. „Versuchen wir es, aber du gehst zuerst.“

Du beginnst vorsichtig durch den Fluss zu waten. Nick folgt ein paar Schritte hinter dir. Als du die Mitte des Flusses erreichst, geht dir das Wasser erst bis zu den Hüften. Die Strömung ist hier am stärksten, aber du musst nicht befürchten, dass dir die Strömung die Beine wegreißt. Du gehst langsam weiter. Hier wird das Wasser schon wieder niedriger. Du drehst deinen Kopf und schaust zurück.

„Komm, Nick, ich bin fast …“ Du kannst den Satz nicht zu Ende sprechen. Etwas hat deinen Fuß gepackt. Du siehst nach unten und dir wird klar, warum du es nicht früher gesehen hast. Das Ungeheuer sieht aus wie ein rosafarbenes Krokodil – es hat die gleiche Farbe wie der Boden des Flusses!

„Nick, geh zurück!“, schreist du. Dann wirst du in die aufgewirbelten Fluten gezogen.

ENDE

„Ich werde die Reparatur ausführen, Nick."

Du befestigst deinen Astronautenhelm am Raumanzug, schnappst dir das Werkzeug und trittst in die Luftschleuse. Einen Moment später hörst du einen Summton, der dir anzeigt, dass du weitergehen kannst. Du öffnest die Ausstiegsluke, befestigst das Sicherheitskabel am Raumanzug und schwingst dich in den Weltraum. Du hältst dich am Sicherheitsgeländer fest und deine Beine schweben im Weltraum. Du hangelst dich mit den Händen am Geländer entlang in Richtung Steuerbord-Triebwerk. Die Szenerie um dich herum ist beängstigend. Ein großer Teil des Himmels vor dem Schiff wird von der schwarzen Scheibe ausgefüllt, die von Sekunde zu Sekunde größer wird. Über den Kopfhörer in deinem Helm hast du Funkverbindung zum Computer. Du kannst hören, wie er die verbleibenden Sekunden zählt: 47, 46, 45 …

So lange wirst du schon allein dafür brauchen, um das Triebwerk zu erreichen. Und es dauert noch einmal mindestens 10 Sekunden, bis du mit dem Laser den Riss versiegelt hast. Das wird eng werden! Doch dein Raumanzug besitzt eine Art eingebauten Rucksack mit Düsenantrieb. Wenn du die Energie des Düsenantriebs genau richtig dosierst, könntest du in wenigen Sekunden beim Triebwerk sein. Wenn du natürlich zu viel Energie gibst, fliegst du daran vorbei.

Wenn du mit dem eingebauten Düsenantrieb zur Reparaturstelle fliegst, lies weiter auf Seite 110

Wenn du dich weiter mit den Händen am Reparaturgeländer entlanghangelst, lies weiter auf Seite 64

Ihr fliegt mit höchster Geschwindigkeit auf das andere Schiff zu.

„Wie nahe dürfen wir an das Schwarze Loch herankommen?", willst du von Nick wissen. Er gibt bereits wie wild Daten in den Computer ein und dann auch noch die Frage: „Wie groß ist die Wahrscheinlichkeit, dass wir die Crew der *Athena* retten können?"

Die Antwort kommt sofort.

Die Wahrscheinlichkeit, die Mannschaft der ATHENA zu retten und dem Schwarzen Loch zu entkommen: 18 %

Die Wahrscheinlichkeit, dem Schwarzen Loch zu entkommen, ohne die Mannschaft der ATHENA zu retten: 22 %

Die Wahrscheinlichkeit, mit der ATHENA vom Schwarzen Loch verschlungen zu werden: 41 %

Unsicherheitsfaktor – keine Voraussage möglich: 19 %

„Da hast du es!", sagt Nick. „Was sollen wir tun?"

Wenn du die Mannschaft der ATHENA retten willst, lies weiter auf Seite 61

Wenn du das für zu gefährlich hältst, lies weiter auf Seite 71

Nick geht näher an Baru heran. „Sind Sie ein Android?", fragt er Baru, während ihr euch beide hinsetzt.
Baru lacht. „Nein, wir sind kein Android, genauso wenig wie wir ein Gott oder ein Zauberer sind. Ein Android wird von seinem Erbauer programmiert und er kann nur tun, wofür er programmiert ist. Der Körper, in dem wir uns befinden, ist wie der eines Androiden, aber das ist nur ein zeitlich begrenzter Aufenthaltsort für uns. Wir können unseren Geist überallhin versetzen, wohin wir wollen, sogar in einen Schwarm Schmetterlinge."
„Im Universum gibt es viele Dinge, die wir nicht verstehen", sagt Nick. „Draußen im Weltraum hatten wir das Gefühl, als ob uns eine Kraft abstoßen würde anstatt uns anzuziehen. Aber irgendwie werden wir hier auf dem Boden festgehalten und wir fühlen uns hier beinahe so schwer wie auf der Erde."
„Es ist nicht die Schwerkraft, die euch auf dem Boden festhält", antwortet Baru. „Es ist die Abstoßkraft des weißen Sterns im Mittelpunkt dieses Planeten."
„Wie meinen Sie das?", fragst du und schaust nach oben. „Ich sehe keinen Stern."

Lies auf der nächsten Seite weiter.

„Ihr könnt ihn nicht sehen", erklärt Baru, „weil er nur wenige Meter Durchmesser hat. Es ist nur ein winziges Loch im Kosmos. Die Abstoßkraft des winzigen Weißen Lochs ist für die Aushöhlung dieses Planeten verantwortlich. Die gleiche Kraft verhindert, dass ihr euch in die Lüfte erhebt. Die Energie des Sterns versorgt uns mit Licht, damit wir sehen können. Das Licht verteilt sich so gleichmäßig in der Luft, dass man nicht sagen kann, woher es kommt."
„Das ist schwer zu verstehen", sagt Nick.
Baru lächelt. „Nur weil es das Gegenteil von dem ist, was ihr gewohnt seid. Wenn ihr hier geboren wärt und die Erde besuchen würdet, würdet ihr es sehr merkwürdig finden, auf der Planetenoberfläche zu leben. Ihr würdet euch wahrscheinlich ganz schnell an einem Baum festhalten wollen, um nicht in den Weltraum zu fliegen.

Lies weiter auf Seite **112**

Langsam erlangst du das Bewusstsein wieder. Du lebst und befindest dich in einem anderen Raumschiff. Eine dir vertraute Gestalt beugt sich über deine Koje. Es ist Jack Willard, den du von der Raumfahrt-Akademie kennst.
„Jack! Träume ich?"
„Nein, du träumst nicht!", antwortet er und lächelt dich an. „Du bist auf der *Liberty*. Das Raumflottenkommando hat beschlossen, uns als Unterstützung hinterherzuschicken. Und es war euer Glück, dass wir euch rechtzeitig erreicht haben."
„Wie geht es Nick?"
„Gut", antwortet Jack. „Aber von der *Nimrod* gibt es keine Spur."
„Sie sind verschollen", sagst du. „Wir haben ihren Notruf aufgefangen. Sie hatten einen Energieausfall und wurden ins Schwarze Loch gezogen."
Jack schüttelt den Kopf. „Wir hatten schon befürchtet, dass so etwas passiert sei." Nach einer Pause sagt er: „Ich wette, du bist wahnsinnig froh, auf die Erde zurückzukommen."
„Na klar", antwortest du ihm. „Aber eines Tages werde ich es noch einmal versuchen und durch das Schwarze Loch fliegen."

ENDE

by patents and patent
protected
Marks

Warum klemmt die Luke?, fragst du dich. Vielleicht kommt das von den relativistischen Effekten. Und die werden bei dieser Geschwindigkeit von Sekunde zu Sekunde stärker! Du kannst Nick nicht außerhalb des Raumschiffs lassen, während ihr in das Schwarze Loch fliegt. Du musst die Luke aufbekommen – und zwar schnell.

Du läufst zur Luke und aktivierst die elektronische Steuerung. Nichts. Du versuchst es mit der Notfallvorrichtung, aber die Luke bewegt sich keinen Zentimeter. Das Metall ist verbogen.

Du eilst zum Computer und gibst Folgendes ein: **Luke funktioniert nicht. Metall hat sich ausgedehnt wegen Nähe zum Schwarzen Loch. Welche Vorgehensweise ist die beste?**

Du wartest auf die Antwort des Computers, aber du bist dir nicht einmal sicher, ob er für die Lösung solch eines Problems überhaupt programmiert ist. Wertvolle Sekunden vergehen. Endlich ist auf dem Bildschirm eine Antwort zu sehen: **Auf die Außenseite der Luke muss ein Druck von 600 Pfund einwirken.**

Mist! Das hilft euch auch nicht weiter. Nick kann auf keinen Fall mit solch einer Kraft gegen die Luke drücken! Verzweifelt gibst du die nächste Frage ein: **Wie kann man diesen Druck auf die Luke erzeugen?** Du musst fast zehn Sekunden auf die Antwort warten: **Zentrifugalkraft.**

Lies auf der nächsten Seite weiter.

Vor Wut schreist du laut auf. Warum ist der Computer so langsam und hilft dir bei diesem Problem nicht richtig weiter? Doch eigentlich weißt du genau, dass es der beste Bordcomputer ist, der jemals gebaut wurde. Kein anderer Computer dieser Größe kann so schwierige Aufgaben lösen wie dieser. Aber du hast keine Zeit mehr, ihm weitere Fragen zu stellen. Du musst einen anderen Computer benutzen: dein Gehirn.
Du weißt, dass du die Zentrifugalkraft zum Öffnen der Luke nutzen kannst, indem du den Kurs leicht änderst. Du solltest dir nur überlegen, in welche Richtung du das Schiff drehen musst, damit sich die Luke nach innen öffnet. Die Tür ist auf der Steuerbordseite, das heißt an der rechten Seite des Schiffs. Musst du die *Athena* nach steuerbord drehen oder nach backbord beziehungsweise links?

**Wenn du das Schiff nach Steuerbord drehst,
lies weiter auf Seite** **46**

**Wenn du das Schiff nach Backbord steuerst,
lies weiter auf Seite** **54**

Du ziehst deine Laser-Pistole heraus und zielst auf den Türgriff. Langsam drückst du ab. Ein Lichstrahl bricht hervor, doch er verläuft in einer Kurve. Der Laserstrahl beschreibt einen Bogen. Anstatt auf die Luke richtet sich der Strahl in Richtung Heck des Schiffs, dorthin wo sich der Tank für den flüssigen Wasserstoff befindet. Wie konnte das passieren? Plötzlich kennst du den Grund: Das Schiff bewegt sich fast so schnell wie die Lichtgeschwindigkeit in einem riesigen Gravitationsfeld. Ganz klar, dass der Strahl gebogen sein muss!
Kaum ist dir dieser Gedanke durch den Kopf geschossen, explodiert der flüssige Wasserstoff mit einer merkwürdig verzerrt auflodernden Flamme.
Die Explosion reißt die *Athena* und alles, was sich in ihr befindet, in Stücke. In einem Augenblick ist alles auf Neutronengröße zerkleinert und kaum haben die Neutronen das Zentrum des Schwarzen Lochs erreicht, haben sie sich in nichts aufgelöst.

ENDE

Plötzlich hat sich das Ziel eurer Mission verändert. Jetzt seid ihr nicht mehr die Beobachter. Jetzt müssen Nick und du versuchen, durch das Schwarze Loch zu gelangen. Ein Problem ist, dass ihr nicht den richtigen Anflugwinkel habt, um ins Wurmloch zu gelangen. Das Schiff ächzt und kracht schon gewaltig, da zwischen Heck und Bug bereits verschieden starke Anziehungskräfte wirken. Sogar dein eigener Körper wird auseinander gezogen. Die Anziehungskraft ist jetzt so groß, dass der Teil von dir, der dem Schwarzen Loch am nächsten ist, schneller fällt als der Teil, der weiter entfernt ist. Nicks Stimme krächzt, als ob sogar seine Stimmbänder gedehnt und gleich reißen würden.

„Ich habe den Computer auf Autopilot geschaltet und den Befehl programmiert, uns durch das Wurmloch zu bringen. Jetzt können wir nur noch hoffen."

Während der Computer Kurs und Geschwindigkeit anpasst, kannst du dich nicht bewegen. Was du durch das Lukenfenster siehst, wirkt merkwürdig. Hinter euch liegt ein sanfter rötlicher Schimmer. Vor euch liegt ein total schwarzer Weltraum, der am Rand dunkelviolett schimmert. In der Mitte liegt die Singularität, der Ursprung des schrecklichen Gravitationsfeldes, das euch anzieht und euch wahrscheinlich zerquetschen wird. Ihr könnt nur noch hoffen, dass an diesem merkwürdigen Ort eine unbekannte Kraft am Werk ist, die euch in ein anderes Universum führen wird!

Deine Hände zittern, als du eine Frage in den Computer tippst: ***Kann der Autopilot uns ins Wurmloch manövieren?***

Lies weiter auf Seite **83**

Eine Sekunde später ist alles wieder ruhig und dein Schwindelgefühl vorbei. Du gibst das Funksignal zum Öffnen der Luke. Nichts passiert. Du versuchst es noch mal. Umsonst. Die Vibrationen müssen die Ausrichtung des Mikro-Funkschlosses verändert haben. Du musst die Luke von Hand öffnen.

„Was ist los?", brüllt Nick in deinen Kopfhörer. „Hast du ...?" Seine Stimme bricht ab.

„Nick?"

Keine Antwort. Du fragst dich, was wohl passiert ist.

Mit einem Schraubenschlüssel versuchst du die Lukentür mit einem Ruck zu öffnen. Deine Hände zittern. Die Kraft weicht aus deinem Körper. Plötzlich öffnet sich die Lukentür. Ein schwerer Gegenstand trifft dich an der Schulter. Vor Schrecken starr siehst du, wie die Lukentür in den Weltraum fliegt. Jetzt kannst du zwar in die Luftschleuse, aber es gibt keine Möglichkeit mehr, in das Innere des Raumschiffs zu gelangen. Die innere Tür ist so konstruiert, dass sie sich nur öffnet, wenn die äußere Tür geschlossen ist. Natürlich könntest du die innere Tür mit Gewalt öffnen, aber dann würde das Schiff den Luftdruck verlieren und der Sauerstoff würde aus der Kabine strömen. Außerdem würden alle losen Dinge im Schiff in den Weltraum gesogen werden. Du schreist in dein Mikrofon. „Nick, Nick, kannst du mich hören?"

Keine Antwort.

Du bist im Weltraum gefangen, hast nur noch für ein paar Stunden Sauerstoff und kannst nicht einmal mit Nick reden! Hilflos siehst du dich um. In diesem Moment wird der ganze Himmel pechschwarz.

Lies weiter auf Seite 114

Du befindest dich an Bord der *Athena* am äußeren Rand des Weltraums. Nick und du seid aus eurem mehrjährigen künstlichen Tiefschlaf erwacht. Genau wie es programmiert war, hat der Computer euch erst jetzt geweckt, weil die *Athena* erst jetzt bis auf ein paar Billionen Lichtjahre an das Schwarze Loch herangekommen ist.
Mithilfe des Computers wollt ihr nun eine Gravitationswelle aufspüren und darauf in das Wurmloch gleiten. Und durch das Wurmloch werdet ihr in ein anderes Universum gelangen. Ihr könnt nur hoffen, dass die Berechnungen richtig sind. Der kleinste Fehler bei der Berechnung von Kurs und Geschwindigkeit bedeutet den sicheren Tod.
Der Blick aus den Fenstern ist beeindruckend. Euer Schiff ist so schnell, dass der ganze Himmel durch relativistische Effekte verzerrt wird. Die Planeten und Sternennebel scheinen sich hinter euch zusammenzuballen. Alles leuchtet in einem unheimlichen Orangerot. Die Sterne vor euch dagegen haben eine violette Schattierung. Mittendrin befindet sich eine kohlrabenschwarze Scheibe – das Schwarze Loch.
„Das ist unheimlich", sagt Nick leise zu dir. „Diese schwarze Scheibe dort dehnt sich immer weiter aus und sie nimmt immer größere Teile des Himmels ein."
„Es hat etwas gedauert, bis ich diese Sache verstanden hatte", antwortest du, „sogar wenn uns tiefe Dunkelheit umgibt, werden wir noch nicht im Wurmloch sein."
„Stimmt", erwidert Nick. „Wir sind gerade im Ereignishorizont, in dem Bereich, aus dem kein Licht entweicht."
Ein Summton ist zu hören.

Lies weiter auf Seite 20

Ihr schaut euch staunend an. Woher kommt die Stimme? Es scheint, als würden euch Lautsprecher von allen Seiten beschallen.

„Wo sind Sie? Wo sind Sie?", rufst du ins Nichts. Sofort hört ihr die Antwort.

„Wir sind der Geist von Baru-Kamm."

„Was bedeutet das?", fragt Nick.

Ihr bekommt keine Antwort und im gleichen Augenblick flattern die Schmetterlinge weg. Es ist, als ob eine bunte Wolke sich auflösen würde. Nick zeigt darauf.

„Das war der Geist von Baru-Kamm!"

Lies weiter auf Seite 100

Nick macht ein trauriges Gesicht. „Es sieht so aus, als ob wir hier festsitzen würden."
Baru hebt eine Hand. „Es gibt eine Möglichkeit. Genauso wie wir unsere Atome und Subatome in menschenähnliche Lebewesen oder einen Schmetterlingsschwarm verwandeln können, können wir auch eure Atome in eine andere Form bringen."
„Aber wir würden doch trotzdem abgestoßen werden, oder nicht?", fragt Nick.
Baru lächelt. „Nicht wenn der Geist von Baru-Kamm euch in negative Partikel verwandelt. Anstatt abgestoßen zu werden, würdet ihr in das Weiße Loch gezogen werden und in eurem Universum als positive Partikel herauskommen. Die Partikel würden sich dann in ihre ursprüngliche Form verwandeln, das heißt in euch."
„Das geht weit über die wissenschaftlichen Möglichkeiten auf der Erde hinaus", meint Nick, „aber nachdem, was wir gesehen haben, bin ich bereit zu glauben, dass ihr das könnt."
„Aber auch wenn ihr das könntet", entgegnest du, „und wir würden in unserem Universum herauskommen, würden wir ja im Weltraum herumschweben."
„Nein", antwortet Baru. „Wir würden nicht nur euch transformieren, sondern euer ganzes Raumschiff!"
„Dennoch wäre es schwierig, den Heimweg zu finden", sagst du. „Außerdem haben wir fast keinen Treibstoff mehr."

Lies auf der nächsten Seite weiter.

„Ihr werdet merken“, erklärt Baru, „dass ihr mehr Fähigkeiten haben werdet als vorher.“
„Wie meinen Sie das?“
Der merkwürdige Außerirdische lässt seinen hypnotischen Blick auf euch ruhen. „Wir werden euch am Geist von Baru-Kamm teilhaben lassen.“
Diese Ideen machen dich schwindlig und so wie Nick aussieht, geht es ihm noch schlimmer.
„Was sollen wir tun?“, fragt er dich.

**Wenn ihr durch das Weiße Loch gehen wollt,
lies weiter auf Seite** **120**

**Wenn ihr hier bleiben wollt,
lies weiter auf Seite** **78**

Ihr kreuzt weiter durch den apfelgrünen Weltraum. Ihr fliegt an einzelnen Planeten, Asteroiden, an ein paar Zwergsternen und an anderen Gesteinsbrocken vorbei, aber an keinem bewohnbaren Planeten. Du fühlst dich ziemlich entmutigt, als Nick von seinem Sitz hochspringt.

„Da drüben!" Nick zeigt auf ein riesiges Objekt, das durch die Luke auf der Steuerbordseite zu sehen ist. Es sieht aus wie ein gigantischer fliegender Fausthandschuh! Er muss über 1000 Meilen lang sein. Eine Art Maul, das fast die halbe Länge des Objekts einnimmt, schließt und öffnet sich ständig.

„Dort ist noch so eins", sagst du. „Und dahinter sind noch mehr."

Plötzlich ändert das erste Objekt seinen Kurs. Mit unglaublicher Geschwindigkeit verschlingt es einen Asteroiden und dann einen kleinen Kometen.

„Die sind ja lebendig!", ruft Nick.

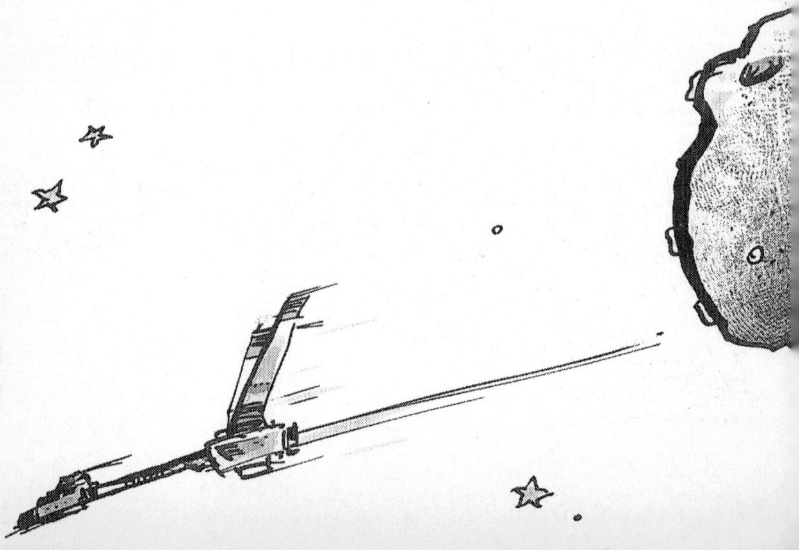

Du beobachtest die Objekte noch etwas länger. „Ich glaube, du hast Recht. Das sind Trümmerfresser, die sich von Gesteinstrümmern ernähren, die aus dem Weißen Loch geschleudert werden!“
„Vielleicht wollen sie uns auch verschlingen“, gibt Nick zu bedenken. „Lass uns von hier verschwinden!“
Du schaust aus der anderen Luke. Eines der Ungeheuer kommt genau auf euch zu!
„Volle Kraft voraus!“, schreist du Nick zu.
Die *Athena* beschleunigt, aber es geht euch wie einem kleinen Fisch, der in das offene Maul eines Wals schwimmt.

ENDE

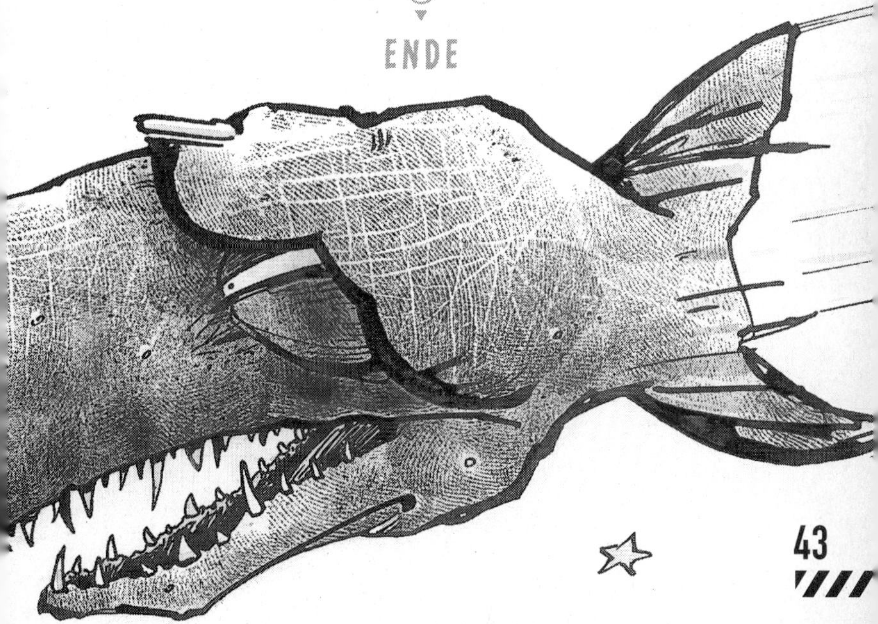

„Wir müssen Trinkwasser finden. Das ist wichtiger", sagst du.
„Bis zu diesem Wasser ist es ein weiter Weg." Nick zeigt nach oben, wo auf der Erde der Himmel wäre. Aber weil ihr im Inneren des Planeten steht, zeigt er nicht zum Himmel, sondern zur anderen Seite der Welt.
„Nick, wir wissen nicht einmal, ob das Wasser ist oder ob es in diesem Universum überhaupt Wasser gibt. Wir haben noch keine Wolke am Himmel gesehen."
„Es sieht allerdings nicht so aus, als ob hier trockenes Klima herrschen würde. Sonst gäbe es nicht so viele Pflanzen", meint Nick.
„Vielleicht regnet es nur nachts", sagst du.
Nick schaut dich komisch an. „Ich habe irgendwie das Gefühl, als wäre es hier immer Tag."
Plötzlich flattert ein Schwarm Schmetterlinge vorbei. Die Schmetterlinge haben so kräftige Farben, dass es so aussieht, als würden sie selbst Licht ausstrahlen.
Ihr starrt sie erstaunt an, während sie wie kleine Hubschrauber in der Luft schweben. Plötzlich hört ihr, wie eine klare, musikalische Stimme die Luft erfüllt.
„In den Tälern der blauen Weinstöcke hinter dem Hügel werdet ihr Wasser finden. Ihr dürft nur Pflanzen oder Beeren essen, die rot, gelb oder orangefarben sind. Hütet euch vor den grünen Bären. Schlaft oder ruht nur auf Lavendelmoos. Die Bären mögen diesen Geruch nicht und werden euch dort nicht angreifen. Überquert keinen Fluss mit rosafarbenem Flusssand. Vergesst diese Dinge niemals. Dann werdet ihr in Baru-Kamm glücklich sein."

Lies weiter auf Seite 39

Eine Ewigkeit scheint vergangen zu sein. Es könnten aber auch nur Tage, Stunden oder Sekunden gewesen sein, du wirst es nie herausfinden. Nichts hat sich verändert. Langsam wird dir bewusst, dass du dich in totaler Dunkelheit befindest. Entweder sind im Raumschiff alle Lichter erloschen oder du bist erblindet. Da du dich noch immer nicht bewegen kannst, kannst du es auch nicht herausfinden.

Wenn du nur der Kontrollstation auf der Erde berichten könntest, was passiert ist. Für die Wissenschaftler wäre es von großem Interesse zu erfahren, dass ein Raumschiff im Schwarzen Loch nicht unbedingt in Stücke gerissen oder zerdrückt wird, sondern dass es einfach von der Zeit gefangen gehalten wird. Aber du wirst es nie jemandem sagen können. Auch wenn du dich nur so viel bewegen könntest, um das Funkgerät zu bedienen, kein Funksignal würde aus dem Schwarzen Loch dringen. Wenn du nur mit Nick reden könntest. Vielleicht kannst du dich durch Telepathie mit ihm verständigen.

Nick, Nick, kannst du meine Gedanken hören?

Aber es hat keinen Wert. Je mehr du es versuchst, desto näher bist du am Durchdrehen. Vielleicht kannst du etwas schlafen, aber nicht einmal das geht. Du kannst nur bewegungslos hier sitzen und auf etwas warten, was nie passieren wird.

Lies weiter auf Seite **66**

Du gibst dem Computer den Befehl im Triebwerk auf der Backbordseite eine minimale Zündung zu veranlassen. Bei dieser Geschwindigkeit überwindet sogar eine winzige Kursänderung einen Trägheitswiderstand von über 6 Gs.
Du wirst gegen deinen Sicherheitsgurt gedrückt. Der Trägheitswiderstand hat die Luke geöffnet. Nick wird hereingeschleudert und landet gegenüber der Luke auf der anderen Seite des Schiffs. Einen Moment später entweicht durch die offene Luke die Luft aus der Kabine. Nick fliegt in der Kabine herum, bis es ihm gelingt, sich an den Haltegriffen bei der Luftschleuse festzuhalten. Du hörst seine Stimme über die Funksprechanlage in deinem Helm.
„Danke! Ich werde die Luke schließen, damit wir den Druck in der Kabine wieder ausgleichen können."
„Okay", sagst du, als du das Schiff wieder auf den vorherigen Kurs bringst. „Sag Bescheid, wenn du Hilfe brauchst." Doch schon siehst du, dass es nichts mehr zu helfen gibt. Die Kraft, die die Luke geöffnet hat, war so groß, dass es die Lukentür aus der Verankerung gerissen hat!
Nick stößt sich von der Wand ab und schwebt zu seiner Kontrollkonsole. Ihr sagt beide nichts mehr. Es ist offensichtlich, dass ihr in großen Schwierigkeiten seid. Ihr fliegt direkt auf das Schwarze Loch zu, die Luke steht offen und ihr seid in euren Raumanzügen gefangen, die nur mit einem begrenzten Sauerstoffvorrat ausgestattet sind.
Es ist schon unter guten Bedingungen gefährlich durch das Schwarze Loch zu fliegen. Unter den jetzigen Umständen weiterzufliegen, wäre glatter Selbstmord.

Lies weiter auf Seite 92

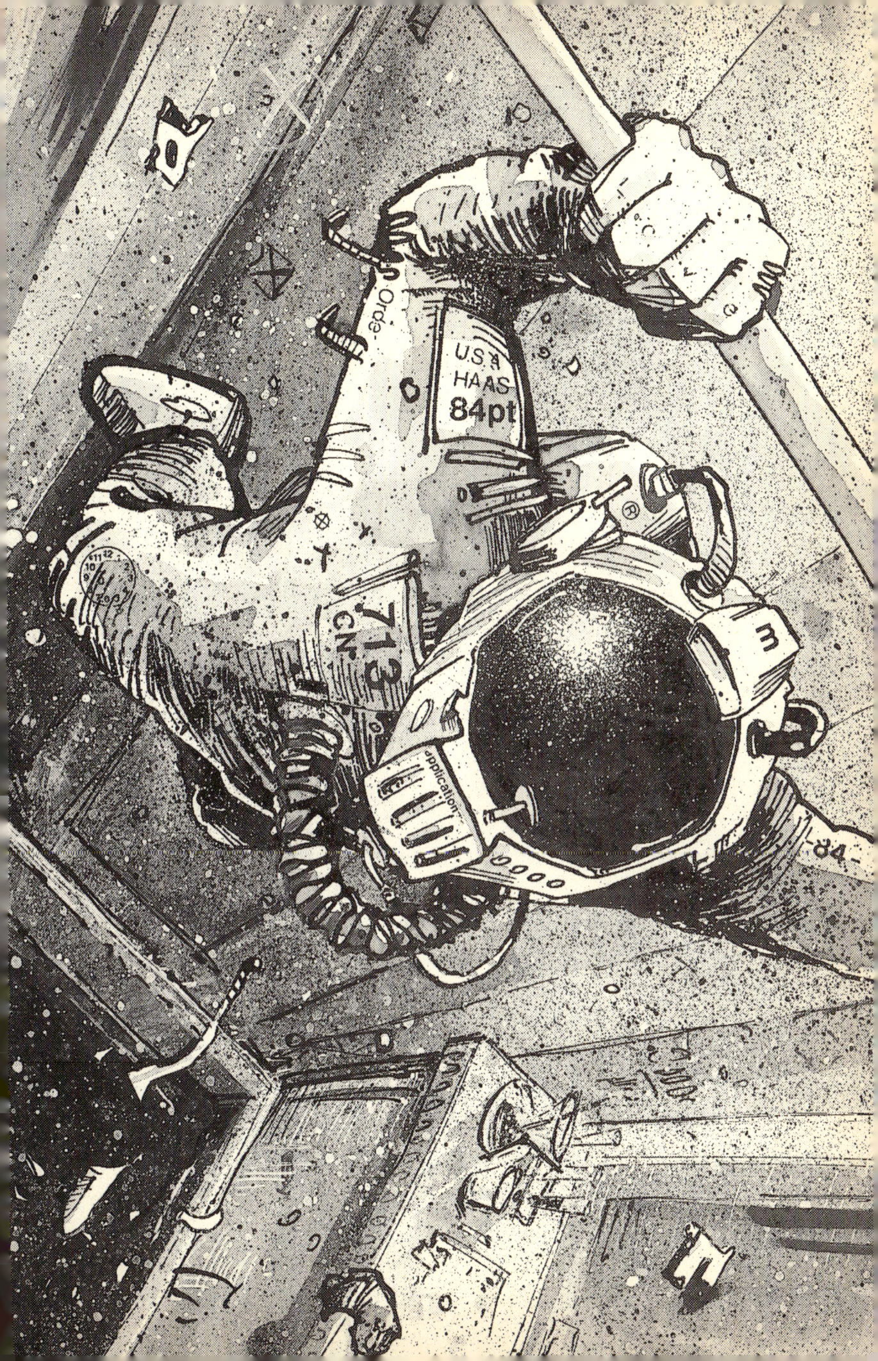
U.S.A
HAAS
84pt

Nicks Mund steht weit offen. „Sind Sie eine Art Gott?"
„Oder ein Zauberer?", fügst du hinzu.
Baru lächelt. „Nein, wir sind weder ein Gott noch ein Zauberer. Alles, was ihr seht, haben wir durch die Wissenschaft erreicht."
Du trittst näher an den Außerirdischen heran, der euch Menschen so ähnlich sieht. „Wie können Sie wissen, dass wir von der Erde kommen? Und warum können Sie unsere Sprache sprechen?"
„Wir haben euren Computerspeicher angezapft. Er enthält die kompletten Aufzeichnungen über euren Flug und viele Informationen über euch und euren Heimatplaneten."
„Haben Sie einen Tunnel zu unserem Raumschiff gegraben?"
„Wir mussten nicht graben", antwortet Baru. „Wir können alles elektronisch abtasten."
Der Außerirdische setzt sich mit gekreuzten Beinen auf etwas Lavendelmoos. „In diesem Körper ist Sitzen angenehmer als Stehen. Ihr dürft euch auch setzen, wenn ihr wollt."

Lies weiter auf Seite 28

Schnell gibst du dem Computer den Befehl, den Kurs so zu ändern, dass ihr zurückfliegen und die *Nimrod* suchen könnt. „Überprüfe bitte, ob du deine Sicherheitsgurte richtig fest angelegt hast", sagst du zu Nick, während du die Anweisungen in den Computer eingibst. „Wir dürfen keine Zeit verlieren."

Du weißt, dass ihr dem Punkt, von dem man nicht mehr zurückkehren kann, sehr nah gekommen seid. Dennoch rechnest du nicht mit dem Druck, den du spürst, als der Computer volle Kraft anordnet, um die *Athena* auf den neuen Kurs zu bringen. Obwohl der Ereignishorizont des Schwarzen Lochs noch hunderte von Meilen entfernt ist, ist die Anziehungskraft unglaublich groß. Nur solch ein ausgezeichnetes Antriebssystem wie das der *Athena* kann sich von einer derartigen Anziehungskraft wieder befreien. Das Schiff dreht sich extrem langsam und beschreibt dabei eine bogenförmige Flugbahn, die 10 Millionen Meilen lang ist. Auf dem Höhepunkt des Bogens, dort, wo ihr dem Schwarzen Loch am nächsten seid und die Anziehungskraft am größten ist, scheint das Schiff auf der Stelle zu schweben, als ob es nicht wüsste, welcher Kraft es nachgeben soll.

Du beißt dir auf die Lippen, Schweißperlen laufen dir übers Gesicht. Das Visier deines Helmes beschlägt von innen. Der geringste Verlust von Antriebskraft würde mit Sicherheit eure Vernichtung bedeuten. Die Sekunden vergehen. Der Abstand zum Schwarzen Loch wird immer größer, zuerst langsam, dann immer schneller.

Du hörst Nicks Stimme in deinem Lautsprecher. „Zum Feiern ist es noch zu früh, aber ich glaube, wir schaffen es."

Lies weiter auf Seite 97

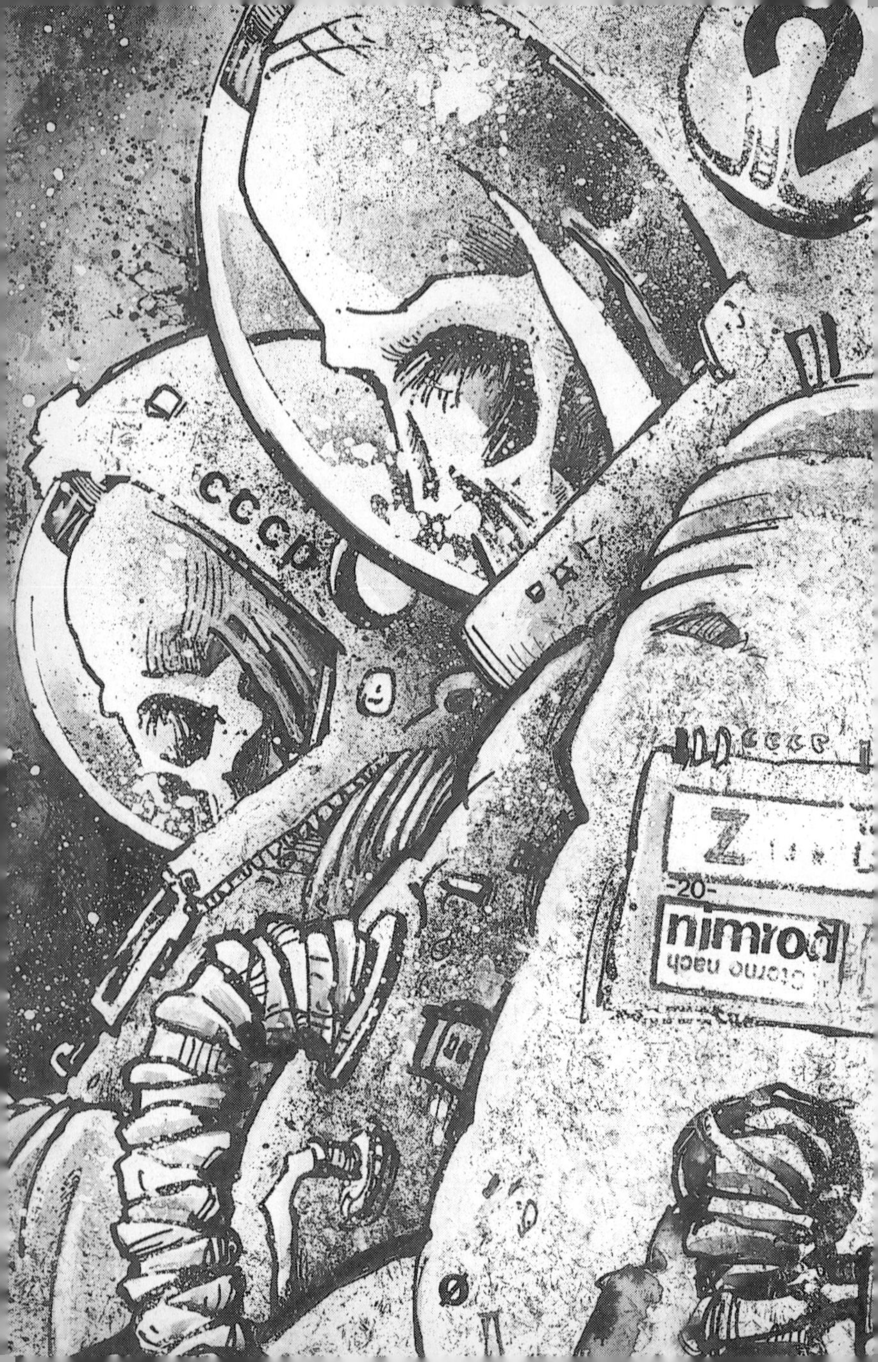
2
CCCP
Z
-20-
nimrod

Du drückst die Taste für Nummer 2. Die Wissenschaftler auf der Erde haben viele Theorien darüber entwickelt, wie es in einem riesigen Schwarzen Loch aussehen könnte. Die meisten sagen, dass man von einer Anziehungskraft, die millionenfach größer als die der Erde ist, zerrissen würde.
Andere gehen davon aus, dass das Schwarze Loch sich dreht. Man müsse nur mit genau der richtigen Geschwindigkeit und im richtigen Winkel in das Schwarze Loch hineinfliegen, dann würde die Zentrifugalkraft die Anziehungskraft aufheben. So könnte man das Schwarze Loch ohne Gefahr durchfliegen.
Manchmal sind Theorien richtig und manchmal falsch. Manchmal sind sie zum Teil falsch und zum Teil richtig. Ihr werdet es gleich herausfinden.
Die *Nimrod* taucht gerade beinahe mit Lichtgeschwindigkeit in die Singularität, in den schrecklichen Wirbel. Es stellt sich etwas heraus, was dir Hoffnung gibt. Das Loch, in das ihr fallt, dreht sich um sich selbst. Und die Zentrifugalkraft hebt fast genau die Schwerkraft auf. Langsam beginnt die *Nimrod* sich in den Wirbel hineinzudrehen – wie ein Holzsplitter, der sich auf dem Wasser dreht, während das Wasser einen Abfluss hinunterläuft. Es kann aber auch mal passieren, dass der Strudel den Holzsplitter gleich in die Tiefe zieht.
Aber das passiert mit der *Nimrod* nicht. Stattdessen dreht sie sich eine Million Jahre im Schwarzen Loch. In einer fernen Zukunft werden eure Skelette das Schwarze Loch durchquert haben.

ENDE

Ihr macht euch auf den Heimweg, aber mit einer fehlenden Lukentür und einer Kabine ohne Druckausgleich könnt ihr euch nicht in den Tiefschlaf versetzen. Dein Sauerstoffvorrat reicht nicht mehr länger als ein paar Wochen. Das reicht nur für eine Reise von ein paar Billionen Meilen. Tausende von Raumschiffen von der Erde fliegen durch den Weltraum, aber die Wahrscheinlichkeit, dass eines davon euch sieht, steht eins zu einer Million.

Die Tage vergehen. Ihr fliegt mit einer wahnsinnigen Geschwindigkeit, aber die Sterne vor euch scheinen nicht näher zu kommen. Nick und du sprecht kaum miteinander. Ihr würdet dafür zu viel Sauerstoff und zu viel Kraft verbrauchen.

Und dann hörst du ihn – den regelmäßigen, tiefen Signalton, der anzeigt, dass du in deinem Raumanzug nur noch Sauerstoff für drei Stunden hast. Du kannst jetzt nichts mehr tun, außer auf das Ende zu warten.

Es dauert nicht lange, dann bekommst du Kopfschmerzen. Dir wird es immer schwindliger. Dein Gehirn funktioniert wegen des Sauerstoffmangels nicht mehr. Dann wirst du bewusstlos.

Lies weiter auf Seite **30**

Ihr nehmt Kurs auf den Planeten Nicron. Der Computer zeigt an, dass er nur 23 Millionen Meilen entfernt ist. Es müsste möglich sein, den Planeten in ein paar Tagen zu erreichen.
„Durchforste den Datenspeicher", schlägt Nick vor. „Vor ein paar Jahren ist eine Sonde von dort gekommen."
Du bist bereits dabei, die Datenbank des Computers zu durchsuchen. „Wir haben einiges an Informationen über den Planeten Nicron", sagst du. „Genau wie ich es in Erinnerung hatte: Er ist der Erde ziemlich ähnlich, hat einen Mond und auch der Abstand zu seiner Sonne ist günstig."
„Hört sich gut an", meint Nick. „Ich habe gehört, es sei beinahe ein idealer Planet. Ausreichend Nahrung und Trinkwasser, wunderschöne Wälder und Seen – was man sich nur wünschen kann!"
„Ja, das habe ich auch gehört. Aber es muss einen Grund geben, warum Nicron trotzdem nicht bewohnbar ist."
„Ich frage mich, welchen Grund das hat?", antwortet Nick.
Einen Augenblick später erscheint die Antwort auf dem Bildschirm.

**Analyse des Planeten Nicron: Nicron ist ein perfekter Planet.
Er hat alle Bedingungen, die man auch auf der Erde findet.
Es gibt keine Umweltverschmutzung. Allen Raumschiffen wird jedoch dringend geraten, sich dem Planeten nicht zu nähern.
Nicron, seine Sonne und sein Mond bewegen sich auf das Schwarze Loch zu. Sie werden es in sieben Monaten, drei Tagen, sechs Stunden und zwei Minuten erreichen.**

ENDE

Um den Kurs in Richtung Backbord zu ändern, befiehlst du dem Computer einen minimalen Schub mit dem Triebwerk auf der Steuerbordseite zu initiieren. Dies bewirkt, dass sich das Schiff etwas nach backbord ausrichtet. Bei dieser Geschwindigkeit ergibt sogar die kleinste Kurskorrektur eine Trägheitskraft von über 6 Gs.

Du wirst fest in deine Sicherheitsgurte gedrückt – das tut weh! Aber es schmerzt noch mehr, dass ihr nach rechts geworfen wurdet und nicht nach links. Die Luke hat sich nicht geöffnet, sondern wurde abgerissen. Und jetzt fliegt sie mit Nick in den Weltraum.

Die G-Kräfte lassen nach. Die *Athena* fliegt wieder in einer geraden Linie, aber du fühlst dich schrecklich. Du hattest wahrscheinlich die Raummüdigkeit – sonst wäre dir solch ein schwerer Fehler sicher nicht unterlaufen. Armer Nick!

Aber auch du bist arm dran. Durch die Kurskorrektur, die du gerade vorgenommen hast, fliegt die *Athena* jetzt im falschen Anflugwinkel auf das Schwarze Loch zu. Jetzt gibt es beinahe keine Möglichkeit mehr der Zerstörung zu entgehen. Schnell gibst du in den Computer die Befehle ein, um die Abweichung auszugleichen, aber es ist zu spät. Du spürst schon, wie die Schalttafeln vibrieren, die Risse im Schiff öffnen sich. Und dann, während die *Athena* in der Singularität zertrümmert wird, spürst du nichts mehr.

ENDE

„Wir können nur hoffen", sagt Nick, „dass sich der Computer geirrt hat. Vielleicht sollten wir uns auf den Heimweg machen und hoffen, dass ein anderes Raumschiff hier draußen unseren Weg kreuzt."
„Du hast Recht, es sei denn, wir wollen auf ein weiteres Wunder hoffen und versuchen durch das Schwarze Loch zu kommen."
„Egal, was wir tun, es sieht hoffnungslos aus", sagt Nick.
Du zuckst mit den Schultern. Du musst Nick zustimmen.
Und als ob ihr noch nicht genug Probleme hättet: Mit deinem Raumanzug stimmt etwas nicht. Da drinnen fühlt es sich an, als ob du in einem Dampfbad stecken würdest.

Wenn ihr euch auf den Heimweg machen wollt, lies weiter auf Seite **52**

Wenn ihr die Athena wieder auf das Schwarze Loch zusteuern wollt, lies weiter auf Seite **94**

„Lass uns einen Augenblick nachdenken", sagst du. „Wenn wir hier rückwärts herausfliegen wollen, müssen wir einen Neustart machen. Sonst bleiben wir im Lehmboden stecken, da bin ich mir fast sicher."

„Ich würde gern wissen, wie weit wir von der inneren Oberfläche entfernt sind?", sagt Nick.

„Warte einen Augenblick." Du verlangst vom Computer eine Analyse, wie dicht der Lehmboden vor eurem Schiff ist. Für die Antwort braucht er ein paar Sekunden: **Unbegrenzte Dichte**.

Nick lacht. „Das ist die Antwort des Computers, wenn er Dinge in diesem Universum nicht berechnen kann. Lass uns einen Test mit Ultraschall machen."

„Gute Idee."

Es dauert einen Moment, bis der Bildschirm des Ultraschallgeräts hell wird. Du gibst die Daten ein, in welche Richtung der Ultraschall gehen soll, drückst auf einen Knopf und schickst einen Ultraschallstrahl nach vorn vor das Schiff.

Ihr beobachtet die Wellenlinie, die auf dem Bildschirm erscheint. Es ist genau, wie ihr es gehofft habt. Das Muster der Schallwellen ändert sich, sobald sie die innere Oberfläche des Planeten erreichen.

Eine digitale Schrift erscheint:

Abstand zu Diskontinuität: 3,7 Meter.

„Gleich haben wir es geschafft!", ruft Nick.

„Was für ein Glück!" Du gehst zu Nick hinüber und schüttelst ihm die Hand. Die innere Oberfläche ist kaum mehr als zehn Yards entfernt!

Lies auf der nächsten Seite weiter.

Nicks Lächeln verschwindet. „Wir müssen uns trotzdem einen Weg durch dieses Zeug graben."
„Das schaffen wir", antwortest du. „Mit den Düsenantriebsrucksäcken an unseren Raumanzügen können wir einen Tunnel graben."
Nick hat einen leeren Ausdruck auf seinem Gesicht. Du weißt, dass er gerade etwas nachrechnet.
„Ja, wir müssten es schaffen", sagt er. „Wenn wir bedenken, wie dick der Lehm ist, brauchen wir wahrscheinlich ungefähr eine Stunde."
„Für die Zeit können wir genug Sauerstoff mitnehmen."
„Das glaube ich auch", sagt Nick. „Es sieht so aus, als würde es uns gelingen, die innere Oberfläche zu erreichen. Aber was dann? Die Aussichten, dass wir dort am Leben bleiben können, sind sehr gering."
„Vielleicht nicht", antwortest du. „Aber die Aussichten, dass wir es bis hierher schaffen, waren auch nicht toll, und wir haben es geschafft. Also, lass es uns versuchen!"

Lies weiter auf Seite 99

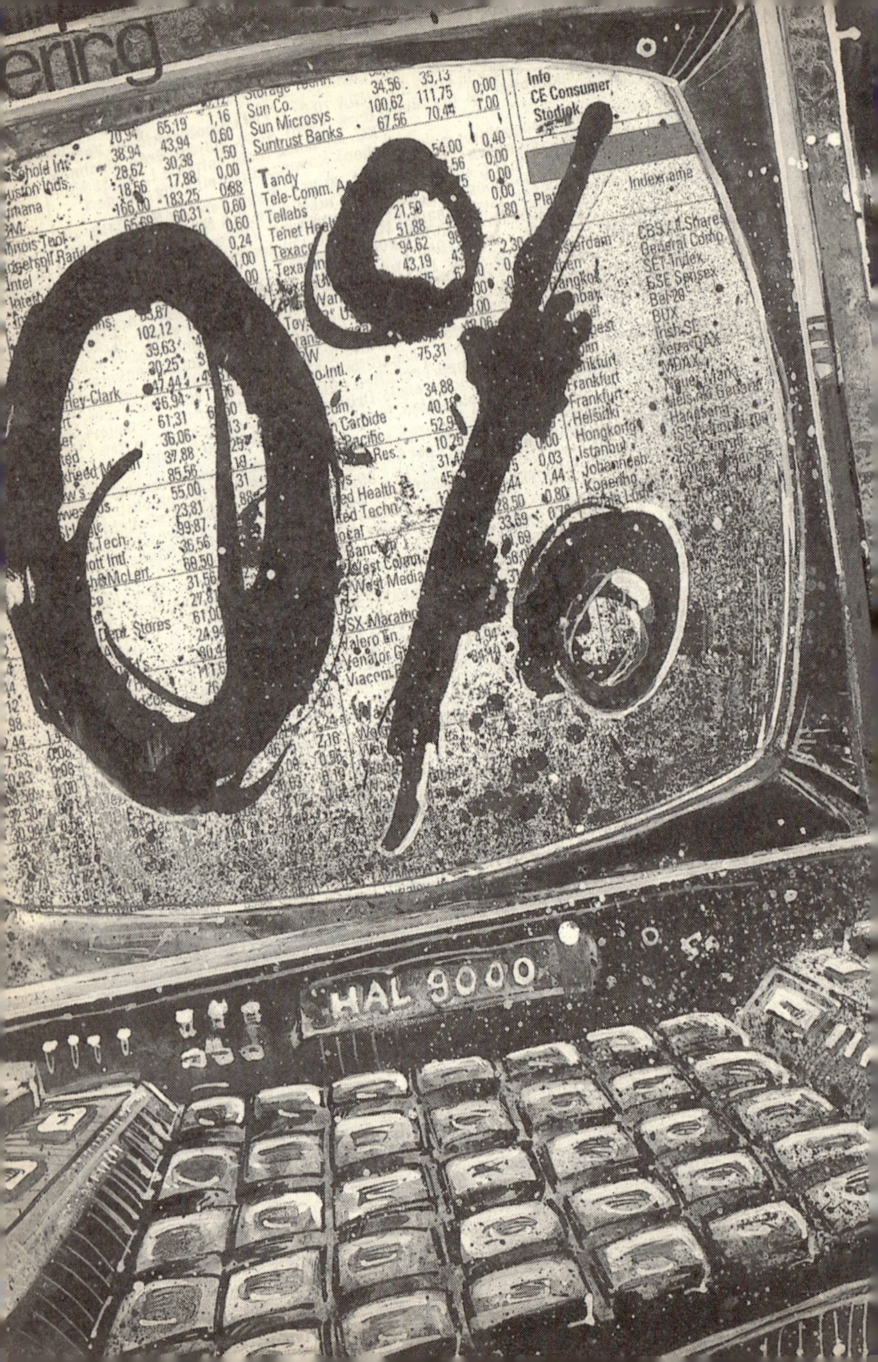
0%
HAL 9000

„Wir können sie nicht einfach zurücklassen, Nick, wir müssen es versuchen."
„Also, los", antwortet er.
Schon hämmerst du Anweisungen in den Computer. In weniger als einer Minute rast die *Nimrod* ihrem Schwesterschiff entgegen. Ihr funkt der Crew, dass ihr kommt, obwohl du dir beinahe sicher bist, dass die Nachricht sie nicht erreichen wird. Die magnetischen Kräfte unterbrechen die Funkverbindung. Du versuchst aus den Triebwerken die letzte Kraft herauszuholen, damit ihr die *Athena* erreicht, bevor beide Schiffe unter den Einfluss des Ereignishorizonts kommen. Ab diesem Punkt ist keine Rückkehr mehr möglich.
Du bittest den Computer um das neueste Wahrscheinlichkeitsprofil. Doch als die Angaben auf dem Computerbildschirm erscheinen, schnappst du nach Luft.
Wahrscheinlichkeit, die ATHENA zu retten: 0 %
„Nick, sieh auf den Bildschirm!"
Sein Gesicht wird aschfahl. „Aber warum?"
Gerade eben hast du dieselbe Frage in den Computer getippt. Kurze Zeit später erscheint die Antwort auf dem Bildschirm:
Die ATHENA wurde durch Strömungskräfte im rotierenden Schwarzen Loch zerstört.
Ihr habt es nicht geschafft, die Mannschaft der *Athena* zu retten, und jetzt seid ihr selbst in Gefahr. Du gibst dem Computer die Anweisung ein Rettungsmanöver zu fliegen. Aber anstatt deinem Befehl zu folgen, hat er eine schreckliche Nachricht für euch: **Ihr habt soeben den Ereignishorizont überschritten.**
„Jetzt gibt es kein Zurück mehr", stöhnt Nick.

Lies weiter auf Seite 36

Euer Schiff kommt mühelos voran, aber es wird schnell langsamer. Nick sieht ängstlich aus und er spricht das aus, was du denkst.
„Vielleicht werden wir hier für immer gefangen sein."
In diesem Augenblick kommt euer Schiff zum Stillstand. Ihr schaut euch gegenseitig an.
„Ich würde lieber für immer und ewig im Weltraum treiben", sagst du. „Obwohl es keinen Unterschied machen wird, nehme ich an."
„Es gibt nur noch eine Hoffnung", meint Nick. „Der Computer gibt an, dass die Triebwerke zum Rückwärtsfliegen nicht blockiert sind. Falls sie immer noch funktionstüchtig sind, können wir vielleicht auf dem gleichen Weg, auf dem wir hineingekommen sind, auch wieder herauskommen."
„Falls wir das versuchen wollen, sollten wir es lieber bald tun", antwortest du. „Je länger wir warten, desto wahrscheinlicher ist es, dass der Lehm auch diese Ventile verstopfen wird."
„Also, lass es uns versuchen", sagt Nick.

**Wenn ihr versucht,
den Rückwärtsgang einzulegen,
lies weiter auf Seite** → **85**

**Wenn ihr euch etwas Zeit lassen wollt,
um euch andere Möglichkeiten zu überlegen,
lies weiter auf Seite** → **58**

Du bist verzweifelt, aber du siehst ein, dass es keinen Wert hätte, die Tür mit Gewalt zu öffnen. Wenn Nick noch am Leben ist, hätte er nach dem Öffnen der Luke keinen Sauerstoff mehr und könnte durch den Druckverlust verletzt werden. Es bringt nichts, euer beider Leben aufs Spiel zu setzen.
Aber was kannst du sonst tun? Jetzt müsste das Raumschiff schon fast Lichtgeschwindigkeit erreicht haben. Innerhalb weniger Minuten werdet ihr die Singularität erreichen, wo Materie, die ins Schwarze Loch fällt, zu einem geometrischen Punkt zusammengedrückt wird. Wie das passieren kann, ist ein Paradoxon – ein Vorgang, der unmöglich erscheint, aber nicht unmöglich ist.

Lies weiter auf Seite **104**

Du hangelst dich am Sicherheitskabel an der Seite des Schiffs entlang. Du bist schwerelos und die Bewegungen machen dir keine Mühe. Innerhalb von wenigen Sekunden erreichst du das Triebwerk. Du suchst den Riss mit einem Lasersensor, der an deinem Helm befestigt ist. Dann tippst du die Koordinaten in dein Laser-Schweißgerät ein und fährst damit am Riss entlang. Ein Signal in deinem Sensor zeigt dir an, dass der Riss wieder geschlossen und dicht ist. Zur gleichen Zeit hörst du, dass der Bordcomputer seinen Count-down gestoppt hat. Die Bedingungen im Raumschiff haben wieder den Normalzustand erreicht. Die ganze Operation hat nur acht Sekunden gedauert.

Du bist mit deiner Arbeit sehr zufrieden und machst dich auf den Rückweg zur Einstiegsluke. Einen Moment nimmst du dir Zeit, um dich umzuschauen. Vor dem Schiff, in Flugrichtung, liegt eine riesige schwarze Scheibe. Umgeben ist die Scheibe von einem schimmernden Ring aus dunkelrotem Licht.

In deinem Kopfhörer hörst du Nicks Stimme.

„Das hast du toll gemacht, Kumpel, aber komm jetzt endlich rein. Wir fliegen mit 90 % der Lichtgeschwindigkeit auf den Ereignishorizont zu!"

Während du dich auf dem Rückweg zur Einstiegsluke befindest, ist dir ziemlich schwindlig. Plötzlich zitterst du. Das ganze Schiff vibriert. Ihr überquert den Ereignishorizont – die Grenze zum Wirbel –, den Punkt, von dem aus keine Umkehr mehr möglich ist, nicht einmal für das Licht.

Lies weiter auf Seite 37

23
U.S.A.

Du bist dir nicht sicher, wie viel Zeit vergangen ist. Zuerst denkst du, dass du zu Hause in deinem eigenen Bett aufgewacht bist, dann glaubst du im Krankenhaus zu sein. Aber an deiner Koje steht kein Doktor, sondern Nick lächelt dich an.

„Ich bin froh, dass du wieder aufgewacht bist, Kumpel. Ich bin auch erst ein paar Minuten wach, aber ich fühlte mich schon einsam."

Du setzt dich auf, reibst dir die Augen und siehst dich um. Jetzt erst erinnerst du dich, dass du in einem Raumschiff warst und dass ihr, bevor du bewusstlos wurdest, in ein Schwarzes Loch gezogen wurdet. Du schaust aus dem Lukenfenster. Der Himmel ist nicht schwarz, sondern hat eine schöne apfelgrüne Farbe.

„Nick, haben wir es geschafft?"

„Ja, wir sind auf der anderen Seite." Seine Stimme ist ganz leise, so als ob ihr gerade eine Grabstätte oder eine riesige Kathedrale betreten hättet. Du bist dir sicher, dass Nick ein ganz ähnliches Gefühl hat wie du – ein großes Gefühl von Ehrfurcht. Durch das Licht hast du den Eindruck, als würdest du dich an einem Ort jenseits von Raum und Zeit befinden. Und das ist genau, was passiert ist. Ihr habt die Grenze zu einem anderen Universum überschritten.

Du blickst auf den Kontrollbildschirm. Darauf ist zu lesen:

Kurs: unbestimmbar

Geschwindigkeit: unbegrenzt

Lies auf der nächsten Seite weiter.

„Nick, es ist mir egal, dass wir die Grenze zu einem anderen Universum überschritten haben, aber wir fliegen sicher nicht mit unbegrenzter Geschwindigkeit."

„Das glaube ich auch nicht", antwortet er, „aber es kann sein, dass wir schneller als die Lichtgeschwindigkeit in unserem Universum fliegen. Das würde der Computer als ‚unbegrenzt' bezeichnen."

„Also sind die Gesetze der Physik hier andere", antwortest du.

„Einige müssen anders sein", meint Nick. „Das kann ein Vorteil sein, aber auch ein Nachteil."

Lies weiter auf Seite 17

Du drückst die Taste mit der Nummer 1. Das Schwarze Loch dreht sich um sich selbst und während ihr in die Singularität eintaucht, heben sich die Zentrifugalkraft und die Anziehungskraft beinahe auf. Deswegen werdet ihr durch die Anziehungskraft nicht gleich zerrissen. Stattdessen schwebt ihr schwerelos in der *Nimrod,* die sich im Wirbel des Schwarzen Lochs ständig um sich selbst dreht.

Die Kräfte, die hier wirken, sind so groß, dass nicht einmal die starken Triebwerke der *Nimrod* etwas ausrichten können. Ihr könnt nur hoffen, dass eine Quantenschwankung oder eine andere unvorhersehbare Störung euch retten wird. Normalerweise liegt die Wahrscheinlichkeit, dass so etwas passiert, bei eins zu einer Trillion. Aber in einem Schwarzen Loch gelten andere Gesetze. Die physikalischen Kräfte sind so groß, dass die physikalischen Gesetze in einem Maße verändert werden, wie man sie in Versuchen auf der Erde nie ausprobieren kann.

Und tatsächlich – eine Quantenschwankung katapultiert die *Nimrod* aus dem Strudel. Plötzlich taucht sie mitten in die Singularität! Was danach passiert, werdet ihr nie erfahren – die Kräfte sind so groß, dass ihr das Bewusstsein verliert. Auch Wissenschaftler könnten es nicht erklären, da die physikalischen Gesetze hier sich so von allem unterscheiden, was man auf der Erde beobachten kann.

Als du wieder zu dir kommst, weißt du, dass du auf der anderen Seite sein musst, denn hier ist alles anders.

Lies weiter auf Seite 119

„Wir müssen überlegen, wie wir Teile des Schiffs in Energie umwandeln können", schlägst du vor.
Nick schaut dich merkwürdig an. „Ja, ich glaube, das schaffen wir."
Du bist dir auch sicher. Du stehst auf und streckst deine Arme und Beine. Du freust dich darauf, bald wieder auf der Erde zu sein und deine Familie und deine Freunde wieder zu sehen. Du gehst ins Badezimmer und schaust in den Spiegel. Du siehst sehr ausgeruht aus – sogar richtig gesund und munter. Aber irgendetwas an deinem Gesicht ist anders. Es sieht weicher aus, beinahe gleichmäßiger geformt, als du es von früher in Erinnerung hast. Du erkennst dich wieder, kein Zweifel, aber du bist mehr als nur du selbst. Du weißt noch nicht genau, was das heißt, aber du bist dir sicher, es wird Auswirkungen auf die Zukunft haben. In deinem Geist ist der Geist von Baru-Kamm.

ENDE

„Die Umstände sind gegen uns", sagst du zu Nick. „Wir können die anderen nicht retten, ohne unser eigenes Leben zu riskieren. Wir würden wahrscheinlich nach ihnen ins Schwarze Loch gezogen werden. Ich glaube, wir sollten zur Basis zurückkehren."

Du gibst die Koordinaten für den Rückflug zur Erde in den Computer ein.

„Wenigstens haben wir neue Erkenntnisse über Schwarze Löcher gesammelt", sagst du.

Während die Triebwerke gezündet werden und die *Nimrod* auf den neuen Kurs dreht, starrst du auf den dunkelroten Schimmer, der das Schwarze Loch umgibt. Du musst dauernd an die Astronauten denken, die vielleicht bereits in diesem Augenblick vom Nichts verschlungen werden.

Du siehst zu Nick hinüber. Auch er scheint von diesem Anblick gebannt zu sein. Keiner von euch beiden schaut auf den Bildschirm, der das zeigt, was vor euch liegt. Erst als ein Alarmsignal ertönt, bemerkt ihr, dass ein Komet auf seinem Weg ins Schwarze Loch eure Flugbahn kreuzen wird. Normalerweise hättet ihr genügend Zeit, euren Kurs zu ändern, aber die ungeheure Anziehungskraft des Schwarzen Lochs hat die Fluggeschwindigkeit des Kometen so erhöht, dass sie die Lichtgeschwindigkeit um das Zehnfache übersteigt. Als dir das bewusst wird, ist der Komet nur noch 10 000 Meilen weit von euch entfernt, und bevor deine Hand den Ausweichschalter überhaupt berühren kann, trifft der Komet euer Raumschiff.

ENDE

Du bist gerade aus dem künstlichen Tiefschlaf erwacht. Seitdem du diese Mission übernommen hast, sind mehrere Jahre vergangen. Du befindest dich an Bord des Raumschiffs *Nimrod* und hast das Kommando. Eure Aufgabe ist, euer Schwesterschiff, die *Athena,* zu beobachten, während sie versucht durch das Schwarze Loch zu fliegen. Du und dein Copilot Nick Torrey müsst so nah wie möglich an der *Athena* dranbleiben, falls sie in Schwierigkeiten geraten sollte. Ihr müsst jedoch aufpassen, dass ihr nicht zu nah dran seid, weil ihr sonst selbst vom Schwarzen Loch verschlungen werden könntet.

Die Sterne, die hinter euch liegen, schimmern rötlich. Aufgrund des Relativismus erscheinen sie wie eine einzige glühende Masse.

Ihr seid jetzt fast so schnell wie die *Athena,* aber ihr habt Schwierigkeiten mit ihr in Kontakt zu bleiben, weil enorme magnetische Kräfte das Schwarze Loch umgeben. Kurze Zeit habt ihr überhaupt keine Verbindung, dann empfangt ihr einen Notruf, der kaum richtig zu hören ist: Der Hauptantrieb der *Athena* ist ausgefallen!

Lies weiter auf Seite **27**

„Vielleicht wollen wir an einem gewissen Punkt nach Hause zurückkehren", sagt Nick. „Lass uns umdrehen und in Richtung Schwarzes Loch, nein, ich meine Weißes Loch, fliegen. Ich möchte wissen, ob wir näher heranfliegen können."
Du bist damit einverstanden. In wenigen Augenblicken hast du dem Computer alle Anweisungen gegeben, die er braucht. Langsam, ganz langsam dreht sich die *Athena* in Richtung des verschwommenen weißen Flecks, der vielleicht die einzige Verbindung zu eurem Universum ist.
Nach dem Chronometer der *Athena* dauert es fast eine Stunde, bevor ihr euren Kurs geändert habt und die *Athena* auf den weißen Fleck zufliegt. Ihr habt keine Ahnung, wie weit er weg ist oder wie schnell ihr fliegt. Eure Instrumente zeigen immer noch an, dass die *Athena* etwas Unmögliches macht – nämlich mit grenzenloser Geschwindigkeit fliegt. Ihr habt also keine Ahnung, wie schnell ihr wirklich fliegt.
Der weiße Fleck müsste eigentlich, je näher ihr kommt, immer größer werden. Aber er wird nicht größer, sondern immer kleiner, als ob ihr euch immer noch davon wegbewegen würdet!
Nick arbeitet an einer Erklärung dafür. Sein Bericht lautet: „Unser Computer ist überfragt. In diesem Universum ist er beinahe nutzlos!"
„Ich kann es mir nur so erklären", sagst du, „wir befinden uns in einer Art gasförmigem Fluss, der uns mit sich treibt, weg vom Weißen Loch. Und die Strömung ist so stark, dass wir nichts dagegen ausrichten können.

Lies weiter auf Seite 23

Ihr schnallt euch an und macht euch für einen Sturzflug bereit. Euer Schiff ist dafür ausgerüstet, einen Aufprall mit einer Geschwindigkeit von 15 Meilen in der Stunde zu überstehen. Aber werdet ihr euch durch die Planetenoberfläche bohren können? Und wenn ja, was werdet ihr dort finden?

Ungefähr eine Meile von der Oberfläche wird die Abstoßkraft des Planeten so stark, dass ihr mit voller Energie fliegen müsst. Es ist schon ein merkwürdiges Gefühl, mit voller Geschwindigkeit einem Planeten entgegenzufliegen, dessen Abstoßkraft euch wieder in den Weltraum zurückkatapultieren wird!

Du beobachtest den Höhenmesser, der dir die sich verringernde Entfernung zur Planetenoberfläche angibt. Nick versucht deinen Blick auf sich zu ziehen.

„Das ist wirklich ein großes Risiko!", sagt er.
„Das habe ich auch gerade gedacht", antwortest du. „Und es ist fast so gefährlich wie ins Schwarze Loch einzutauchen."
Plötzlich schlägt das Schiff auf dem Boden auf und schüttelt euch in euren Sitzen durch. Eine Sekunde später wird es vor den Fenstern schwarz, da das Schiff sich in den weichen, lehmartigen Boden gräbt. Du lässt die Instrumente nicht aus den Augen.
„So weit, so gut", sagt Nick.
„Reduziere die Geschwindigkeit um die Hälfte", ordnest du an. „Die Abstoßkraft lässt nach."
„Aber der Lehmboden wird hier dichter", antwortet Nick. „Er bremst das Schiff ab."
Du blickst auf die Datenanzeige. Das Schiff ist jetzt mehrere hundert Yards unter der Oberfläche. Plötzlich fällt die Nadel der Anzeige für die Triebwerksenergie auf null.
„Wir haben Energie verloren", schreit Nick. „Der Lehm ist wahrscheinlich in die Ventile eingedrungen."

Lies weiter auf Seite 62

„Du musst die Reparatur übernehmen, Nick“, sagst du.
Er antwortet nicht, sondern zieht einfach seinen Helm und seine Handschuhe an und nimmt sich das Werkzeug.
Kurz darauf befindet sich Nick in der Luftschleuse. Die Tür schließt sich hinter ihm. Du überprüfst, ob er den Computer-Count-down über Funk in seinem Helm hört. Das ist ganz wichtig für ihn. Du hörst den Count-down ebenfalls.
Sekunden bis zur Unumkehrbarkeit: 48, 47, 46 …
Auf der Sicherheitskonsole leuchtet ein Licht auf. Es zeigt an, dass die äußere Tür der Luftschleuse offen ist. Gut. Nick muss also schon draußen und auf dem Weg zum Triebwerk sein. Du willst mit ihm reden, ihm Mut zusprechen, aber du wagst es nicht, etwas zu sagen. Du befürchtest, du könntest ihn ablenken.
32, 31, 30, 29 …
Es ist schrecklich, einfach warten zu müssen. Du kannst ihn nicht einmal auf dem Monitor sehen, weil es für diesen Teil des Raumschiffs keine Außenkamera gibt. Du würdest gern wissen, ob Nick das Verbindungsstück zum Triebwerk erreicht hat.
15, 14, 13, 12 …
Was ist da draußen los?, fragst du dich. Du spürst, wie Panik in dir hoch steigt. Du möchtest Nick helfen, aber du kannst nichts tun.
7, 6, 5 …
Die Zeit läuft ab.

Lies weiter auf Seite 93

Nick starrt auf die Instrumente. „Das ist unglaublich. Es sieht so aus, als ob hier die Anziehungskraft umgekehrt wirkt. Wir werden abgestoßen!"

„Natürlich! Das ist es!", rufst du. „Das ist der Grund dafür, dass wir nicht in das Weiße Loch zurückfliegen konnten – es hat uns abgestoßen."

„Oh nein", sagt Nick. „Wie können wir hier je auf einem Planeten landen? In dem Moment, in dem wir die Triebwerke abschalten, werden wir in den Weltraum katapultiert."

„Es gibt eine Möglichkeit", antwortest du. „Mit etwas Glück ist der Planet innen hohl. Wir könnten versuchen, nach innen zu gelangen und in dem Gehäuse herumlaufen – wie zwei Ameisen, die in einem ausgehöhlten Kürbis herumkrabbeln."

„Vielleicht, aber was bringt dich auf die Idee, dass der Planet innen hohl sein könnte?", fragt Nick. „In unserem Universum gibt es keine hohlen Planeten!"

„Das kommt von der Anziehungskraft", antwortest du. „Aber hier scheint es ja eine Abstoßkraft zu geben, die vielleicht das Innere der Planeten aushöhlt, weil Materie in Richtung Innenwand des Planetengehäuses fliegt."

„Könnte sein, aber ist das nicht etwas weit hergeholt? Davon abgesehen, wie kommen wir in das Planetengehäuse? Es gibt keine Anzeichen von Spalten oder Löchern."

„Es sieht so aus, als wäre es ein ganz weiches Material", antwortest du. „Wenn wir mit voller Kraft auf der Oberfläche auftreffen, bohrt sich das Schiff vielleicht in die Oberfläche. Es ist dafür konstruiert einen starken Aufprall auszuhalten."

Nick schüttelt den Kopf. „Das hört sich nach Selbstmord an."

Lies weiter auf Seite 118

„Ich glaube, wir sollten hier bleiben", sagst du zu Nick. „Es ist ein Wunder, dass wir es bis hierher geschafft haben. Und ich glaube, wir würden ungefähr zehn Wunder brauchen, um den Rückweg durch das Weiße Loch zu finden."

„Ich bin der gleichen Meinung", sagt Nick.

„Baru, sag mir …", beginnst du, aber der Außerirdische ist verschwunden! Nick und du schaut euch hilflos an.

„Ich glaube nicht, dass wir Baru je wiedersehen werden", sagst du. „Wahrscheinlich hat er gedacht, wir würden keine Hilfe mehr brauchen."

„Aber wir brauchen doch Baru, damit er uns auf diesem merkwürdigen Planeten weiterhilft", jammert Nick.

„Das glaube ich nicht. Baru sagte doch, sie hätten den Planeten zu einem perfekten Planeten gemacht. Er hat uns alles gesagt, was wir zum Überleben brauchen. Es wird genauso wunderbar werden wie auf der Erde. Außerdem werden wir nicht alt werden und ewig leben."

Nick sieht zum Himmel, zum violettfarbenen Ozean und zu den auf dem Kopf stehenden Bergen. „Es ist ein wunderschöner Ort, aber werden wir je glücklich sein, wenn wir nie wieder andere Menschen sehen werden?"

„Ich weiß es nicht", antwortest du. „Aber wir können hoffen. Menschen wollen ja alles erforschen. Ich wette, dass irgendwann wieder jemand durchs Schwarze Loch fliegen und uns finden wird. Und weil wir nicht älter werden, werden wir da sein, wenn sie kommen."

ENDE

„Was will der Computer uns damit sagen? Was meinst du?“, will Nick wissen.
„Ich glaube, das ist ziemlich klar“, antwortest du. „Wir sind noch in der gleichen Galaxie, aber nicht mehr in der gleichen Zeit. Wir sind Millionen Jahre in der Vergangenheit gelandet oder Millionen Jahre in der Zukunft.“
Der Computer bestätigt deine Vermutung:
„Wir sind 9 800 000 Jahre in der Zukunft.“
„Wenn das so ist, warum sind dann die anderen Galaxien mehr oder weniger am gleichen Ort?“, fragt Nick.
„Wenn du dir überlegst, wie weit weg wir sind, wirst du es verstehen. Es ist, als ob du mit einem Auto mit 50 Meilen in der Stunde fahren und für ein paar Sekunden die Augen schließen würdest. Wenn du die Augen wieder öffnest, liegen die Bäume und Häuser, die an der Straße stehen, hinter dir, also in einer anderen Richtung als vorher. Aber ein Berg, der vorher in Fahrtrichtung in der Ferne lag, wird immer noch in dieser Richtung vor dir liegen.“
Gleichzeitig gibst du Befehle in den Computer ein: **Lokalisiere Erde und Sonne – *setze Kurs auf die Erde.* Berechne die Zeit bis zur Ankunft.**
Glücklicherweise liegen Erde und Sonne ganz in der Nähe – nur ein paar hundert Lichtjahre entfernt. Ihr macht euch für einen längeren künstlichen Tiefschlaf bereit. Wenn ihr aufwacht, werdet ihr wieder zu Hause sein, nur 10 Millionen Jahre später, als ihr losgeflogen seid. Ihr träumt davon, wie die Erde in der Zukunft wohl aussehen wird.

ENDE

915 359 000-2
Encombrant

„Wie lange warst du da draußen?", will Nick wissen. „Ich weiß gar nicht, was mich getroffen hat."
„Das ist sicher während der Turbulenzen passiert, als wir den Ereignishorizont überschritten haben", erklärst du.
Nick sieht nach draußen. „Ich sehe gar keine Sterne."
Du schüttelst den Kopf. „Wir sind vom Rest des Universums abgeschnitten. Wir sind im Schwarzen Loch."
Nick schaut auf den Chronometer. „Wir müssen fast bei der …"
„… Singularität sein", ergänzt du seinen Satz. „Wir sollten uns lieber wieder anschnallen."
Nick ist immer noch ziemlich fertig. Du verbindest seine Wunde mit einer sterilen Binde und hilfst ihm wieder auf seinen Sitz. Dann bringst du den Druck in der Kabine wieder in den Ausgangszustand und schnallst dich selbst auch an. Wer weiß, was auf euch zukommen wird.

Lies weiter auf Seite 96

„Irgendetwas beunruhigt sie", sagt Nick.
„Die sind mindestens acht Fuß groß", sagst du. „Falls es hier irgendwo Raubtiere gibt, müssen sie ziemlich groß sein."
Ihr schaut euch vorsichtig um. Ein paar große, faul aussehende Insekten flattern um die Blüten herum und ein Schwarm wunderschöner Schmetterlinge fliegt vorbei, aber ansonsten sind keine weiteren Tiere zu sehen.
„Wir müssen etwas Essbares finden", sagt Nick. „Meinst du, wir sollten uns die Pflanzen anschauen, die die Vogelkreaturen gefressen haben? Vielleicht bekommen sie uns auch? Oder sollen wir zuerst nach Wasser suchen?"

Wenn ihr euch die Pflanzen näher anschaut,
lies weiter auf Seite **102**

Wenn ihr zuerst nach Wasser sucht,
lies weiter auf Seite **44**

Einen Moment später kommt die Antwort. Die Gesetze der Physik gelten hier nicht mehr. Weder dein Wissen noch logisches Denken werden dir bei der Entscheidung helfen. Euer Geschick wird von Quantenschwankungen entschieden werden. Drücke auf der Computertastatur die Tasten für Nummer 1 oder für Nummer 2. Die richtige Entscheidung verbirgt sich hinter einer der beiden Tasten. Doch die richtige Antwort steht erst fest, wenn du dich entschieden hast.
Nick sieht ebenfalls auf den Bildschirm.
„Quantenungenauigkeit. Ich habe mir schon gedacht, dass es dazu kommen wird. Entscheide dich für eine der beiden Tasten. Wir haben nicht mehr viel Zeit …"
Das stimmt. Und ihr habt den Bereich erreicht, in dem die Logik nicht mehr gilt. Euer Schicksal ist eine Frage des Zufalls.

**Wenn du dich für die Taste 1 entscheidest,
lies weiter auf Seite** 68

**Wenn du die Taste 2 wählst,
lies weiter auf Seite** 51

„Mir ist es egal, welche physikalischen Gesetze es hier gibt", sagst du. „Ich stimme dir zu. Ich glaube auch nicht, dass wir überleben, wenn wir Kopf voraus auf den Planeten stürzen."

„Okay", sagt Nick. „Komm, wir schauen uns um. Vielleicht finden wir eine andere Möglichkeit."

Während du eine Kurskorrektur in den Computer eingibst, tippt Nick dich an. „Was ist das auf Monitor 3?"

„Es ist ein Komet!", rufst du aus. „Und die Objekte dahinter sehen aus wie Meteore. Das müssen Trümmer aus unserem Universum sein, die in das Schwarze Loch gefallen und auf dieser Seite wieder herausgekommen sind."

„Die Wahrscheinlichkeit, dass etwas diese Reise übersteht, liegt bei eins zu einer Million", sagt Nick. „Für die Trümmer, die wir sehen, müssen eine Million anderer Objekte in der Singularität zerschmettert worden sein."

„Das zeigt, wie stark das Schwarze Loch ist", sagst du. „Es bewegt sich durch das Weltall wie ein riesiger Staubsauger. Die meisten Dinge bleiben im Staubbeutel hängen, aber ein paar entkommen. Wir hatten großes Glück."

„Das lässt hoffen", meint Nick. „Vielleicht finden wir einen erdähnlichen Planeten, auf dem wir besser landen können als auf den glatten, grauen Kugeln."

„Auch wenn wir einen erdähnlichen Planeten finden würden, gäbe es immer noch das Problem mit der Abstoßkraft. Wenn wir versuchen würden, auf dem Planeten herumzulaufen, würde uns die Abstoßkraft in den Weltraum befördern."

„Wir müssten in Höhlen leben", schlägt Nick vor. „Dann könnten wir an der Decke laufen."

Lies weiter auf Seite 42

„Machen wir, dass wir hier wegkommen!", sagst du zu Nick. Du programmierst die Triebwerke für den Rückwärtsflug und gibst langsam immer mehr Energie. Keine Reaktion.
„Gib mehr Energie", meint Nick.
„Ich glaube nicht, dass wir das tun sollten", antwortest du. „Es könnte sein, dass wir sonst zu schnell freikommen. Und dann wäre es schwierig das Schiff unter Kontrolle zu halten.
„Drossle die Energiezufuhr in dem Moment, in dem wir freikommen", schlägt Nick vor.
Du gibst den hinteren Triebwerken weiterhin Energie. Die Maschinen mühen sich ab. Du kannst ein hohes Quietschen hören, das durch die Außenhaut des ganzen Schiffs geht. Plötzlich bewegt sich das Schiff schnell in Richtung Planetenoberfläche.
Schnell drosselst du die Energiezufuhr. Im Bruchteil einer Sekunde hörst du ein Explosionsgeräusch in den Triebwerken – wie das verstärkte Geräusch eines Hustens. Als das Schiff plötzlich anhält, werdet ihr in eure Sicherheitsgurte geworfen.

Lies weiter auf Seite 123

Nick und du steht auf der inneren Hülle des grauen Planeten. Ihr seid erschöpft und mit dem getrockneten grauen Lehm bedeckt. Eure Rucksäcke mit dem Düsenantrieb sind jetzt nutzlos und eure Lebensmittelvorräte sind fast aufgebraucht, aber ihr seid am Leben und atmet saubere und sauerstoffreiche Luft. Es ist ziemlich warm und ihr zieht eure schlammverkrusteten Raumanzüge aus. In euren Trainingsanzügen, die ihr darunter tragt, fühlt ihr euch viel wohler.

Keiner von euch beiden redet etwas. Ihr versucht zu begreifen, was ihr in eurer Umgebung seht. Der Boden unter euren Füßen ist mit einer Art blauem Moos bedeckt. An einigen Stellen kommt grober grauer Felsen durch das Moos. Du nimmst an, dass es das gleiche klebrige, lehmartige Material ist, durch das ihr euch durchgegraben habt und das an der Luft hart wird.

Das Land um euch herum erinnert dich irgendwie an die Erde. Es gibt keine Bäume, aber riesige Pflanzen, die meisten sind größer als du. Eine Pflanzenart sieht aus wie riesengroße Tulpen, die große rote und gelbe Blüten haben und sich zwanzig Fuß hoch im Wind hin und her bewegen. Das Moos unter euren Füßen, die Stängel und die Blätter haben alle einen leichten Blauton. Ihr könnt nicht erkennen, woher das Licht kommt. Eine Sonne ist nicht zu sehen, nur eine leuchtende Helligkeit.

Lies auf der nächsten Seite weiter.

Du reckst deinen Kopf nach oben und drehst ihn in alle Richtungen. Der Himmel ist das Erstaunlichste von allem, denn eigentlich gibt es überhaupt keinen Himmel und keinen Horizont. Das Land in der Ferne, hinter den großen Pflanzen und den niederen Hügeln, biegt sich leicht nach oben, bis es sich über den Himmel spannt. Direkt über euren Köpfen befindet sich eine Bergkette, die auf euch herunterzeigt. Auf den höchsten Gipfeln, wo auf der Erde Schnee liegen würde, sind grüne Flecken zu sehen, vielleicht grünes Moos.
Ein Teil des Himmels hat eine beinahe klare gelbe Farbe und scheint ganz glatt zu sein. Es könnte eine Wüste oder sogar ein Ozean sein.

Lies weiter auf Seite 90

„Lass uns versuchen, uns mit dem Schiff durch die Planetenoberfläche zu bohren. Ich unternehme lieber einen verzweifelten Versuch, als ziellos durch den Weltraum zu treiben, bis wir keinen Sauerstoff mehr haben." Es ist nur eine Ahnung von dir, dass der Planet vor euch innen hohl sein muss. Aber je mehr du darüber nachdenkst, desto sinnvoller erscheint dir deine Theorie. Beinahe alles in diesem Universum ist das Gegenteil von dem, an was ihr gewöhnt seid.

„Ich bin deiner Meinung", sagt Nick, der schon Befehle in den Computer tippt. Ihr beobachtet, wie der Planet größer wird, während die *Athena* darauf zurast. Die Planetenoberfläche sieht mehr und mehr wie Lehm aus. Unterdessen braucht der Computer immer mehr Energie, um die Geschwindigkeit aufrechtzuerhalten. Es scheint jetzt klar zu sein, dass die Abstoßkraft stetig größer wird, je näher ein Objekt kommt – genauso wie die Anziehungskraft in eurem Universum.

„Die Abstoßkraft könnte so stark werden, dass wir nicht mit voller Kraft die Planetenoberfläche durchdringen können", gibt Nick zu bedenken.

Du stellst ein paar Berechnungen an. „Wir können es schaffen. Wir müssten mit ungefähr 15 Meilen pro Stunde auf die Oberfläche auftreffen, wenn wir mit voller Kraft fliegen."

„Wir können nur hoffen, dass es nicht plötzlich doch eine Schwerkraft gibt, die uns nach unten zieht", meint Nick. „Dann wäre von uns nichts mehr übrig."

Du nickst. „Das ist das Risiko. Aber es gibt auch einen Vorteil: Wenn wir in der Planetenoberfläche stecken bleiben, wird uns die Abstoßkraft helfen wieder herauszukommen."

Lies weiter auf Seite 74

„Es ist eine wunderschöne Welt", sagt Nick. „Und die Luft ist klar und sauber."
„Da haben wir Glück", antwortest du, „denn ich glaube nicht, dass wir je wieder von hier wegkommen."
„Sch!" Nick packt deinen Arm. „Sieh mal nach links!"
Ein paar hundert Meter entfernt auf einer Wiese, die leicht ansteigt, siehst du eine Gruppe sehr großer, gelblicher Kreaturen auf zwei Beinen. Sie sehen vogelartig aus, aber sie haben ein Fell und weder Federn noch Flügel.
„Beweg dich nicht", flüsterst du Nick zu. „Wir beobachten sie erst einmal."
Ihr seht, wie die Tiere sich langsam weiterbewegen und zwischendurch immer wieder anhalten, um eine bestimmte Pflanze zu fressen, die zwischen dem Moos wächst.
Ein paar größere Tiere richten sich immer wieder auf. Sie scheinen die anderen zu bewachen. Sie halten oft inne, um ihre Nasen schnuppernd in den Wind zu halten und um sich vorsichtig umzuschauen.
Ein kleineres Tier rennt plötzlich auf eine Seite. Ein größeres Tier gibt schnell aufeinander folgende, klickende Töne von sich. Das Kleine hält plötzlich an und rennt wieder zur Gruppe zurück. Ihr beobachtet das Ganze fasziniert. Dann steigen die Tiere den Hügel hoch und verschwinden hinter der Hügelkuppe.

Lies weiter auf Seite **82**

Nick hat den Computer bereits gefragt, welche Handlungsmöglichkeiten ihr habt. Jetzt seht ihr die Antworten auf dem Bildschirm erscheinen.

Möglichkeit 1: Flug zurück mit voller Kraft. In 13,6 Stunden wird euch die magnetische Interferenz nicht mehr behindern. Das Beobachtungsschiff wird euer Bild auf dem Radarschirm erfassen können.

Möglichkeit 2: Mit voller Kraft Kurs zum Planeten Nicron.

Andere Möglichkeiten gibt es nicht.

„Was sollen wir tun, Nick? Sollen wir abfragen, welche Möglichkeit die größte Erfolgschance hat?"

Er schüttelt den Kopf. „Das kann der Computer nicht berechnen. Es gibt zu viele Variablen. Wir wissen nicht, wo das Beobachtungsschiff, die *Nimrod,* ist. Sie könnte bereits auf dem Weg zur Basis sein, anstatt am Rande des Schwarzen Lochs auf uns zu warten. Und was den Planeten Nicron betrifft, wissen wir nur, dass es der nächste Planet des Tau-Gamma-Systems ist."

Du siehst auf dein Chronometer. Ihr seid beinahe am Ereignishorizont des Schwarzen Lochs, von wo niemand entkommen kann!

Wenn ihr versuchen wollt,
die NIMROD zu treffen,
lies weiter auf Seite **49**

Wenn ihr lieber zum
Planeten Nicron fliegen wollt,
lies weiter auf Seite **53**

Dann hörst du Nicks Stimme. „Auftrag erledigt. Es gab keine Probleme!"

Das ist typisch Nick. Er ist in jeder Situation ganz cool.

„Super! Nun komm wieder rein. Vor uns liegt noch ein kleines Problem – das größte Schwarze Loch der Galaxie!"

Aufgeregt wartest du darauf, dass Nick zurückkommt. Du drückst ein paar Tasten am Computer. In Sekunden hast du die Informationen, die du haben wolltest.

Entfernung zum Ereignishorizont: 640 800 000 Meilen

Entfernung zur Singularität: 2 822 000 000 Meilen

Geschwindigkeit: .8C

Ein Schaudern durchströmt deinen Körper. Im Ereignishorizont kann man nicht überleben. Mit der Singularität ist es etwas anderes. Das ist die Bezeichnung für das Zentrum des Schwarzen Lochs, wo die ganze Materie zu einem Nichts zusammengedrückt wird.

Die Zahlen auf dem Bildschirm lassen das Schwarze Loch sehr weit weg erscheinen, aber „.8C" bedeutet, dass ihr euch fast so schnell wie das Licht bewegt.

Dir war nicht bewusst, dass ihr dem Ereignishorizont so nah seid – das ist die äußere Grenze des Schwarzen Lochs. Wenn ihr diese Grenze überschritten habt, gibt es keine Möglichkeit mehr umzukehren – nicht einmal mit voller Notfall-Triebkraft. An diesem Punkt ist die Anziehungskraft so groß, dass nicht einmal das Licht entkommen kann.

Aber wo ist Nick? Plötzlich hörst du seine Stimme.

„Ich kann die Luke nicht öffnen. Sie klemmt!"

„Warte!"

Lies weiter auf Seite 32

Du programmierst den Computer so, dass er das Schiff direkt in das Schwarze Loch steuert. Es besteht jetzt kaum die Möglichkeit, dass ihr auf dem Kurs und mit der Geschwindigkeit anfliegt, die für das Erreichen des Wurmlochs notwendig wären.

Du bist dir fast sicher, dass ihr von den Anziehungskräften zerdrückt werdet, bevor ihr die Singularität erreicht – den Ort, wo tausende von Sternen zu einem Nichts zusammengedrückt wurden. Es könnte auch der Ort sein, wo die physikalischen Gesetze nicht mehr gelten, wo es vielleicht einen Durchgang in ein anderes Universum gibt!

Nur ein paar Minuten vergehen, bis die Dunkelheit sich vor euch auftut. Sie wird von einem unheimlichen violetten Schimmer umgeben. Das ist das Licht von Millionen von Sternen. Die merkwürdigen Farben werden vom relativistischen Effekt hervorgerufen.

Ihr seid jetzt im Ereignishorizont. Das ist der Punkt, von wo es kein Zurück mehr gibt – nicht einmal für das Licht. Irgendwo vor euch liegt die Singularität.

Während ihr immer tiefer in die Dunkelheit des Schwarzen Lochs eintaucht, hoffst du, dass euch ein Wunder helfen wird, durch das Schwarze Loch zu fliegen.

Lies weiter auf Seite 108

Es beginnt mit einem leichten Vibrieren des Schiffs. Es ist nicht wie bei den normalen Turbulenzen, es ist nur ein leichtes Zittern. Dann hört diese Bewegung auf und alles scheint plötzlich wie gefroren zu sein. Du starrst auf das Chronometer und merkst, dass es sich nicht mehr rührt. Du kannst deinen Blick nicht abwenden. Du kannst keinen Muskel bewegen. Nicht einmal blinzeln oder deine Augen bewegen kannst du. Du kannst auch nicht atmen, aber aus irgendeinem Grund brauchst du keine Luft. Nick scheint in der gleichen Lage zu sein. Du kannst ihn jedoch nicht sehen, weil dein Körper in die andere Richtung gewandt ist.

Dir wird immer seltsamer zumute: Du fühlst dich, als ob du träumen würdest, obwohl du genau weißt, dass du wach bist. Vielleicht ist die Zeit stehen geblieben. Vielleicht wirst du wie eingefroren bis in alle Ewigkeit verharren müssen.

Du kannst dich nicht bewegen, aber du kannst fühlen. Und noch nie hast du solch eine Hoffnungslosigkeit und Verzweiflung gefühlt. Es wäre besser gewesen, wenn du im Schwarzen Loch zerdrückt worden wärst, besser als so in der Zeit gefangen zu sein, besser als dazu verdammt zu sein hier zu sitzen und bis in alle Ewigkeit auf das stillstehende Chronometer zu starren.

Lies weiter auf Seite **45**

16 Stunden sind vergangen, seitdem ihr dem Magnetfeld des Schwarzen Lochs entkommen seid. Und die magnetischen Einflüsse sind so klein geworden, dass eure Radargeräte wieder funktionieren.

Nick sucht verzweifelt das Gebiet ab, wo sich die *Nimrod* befinden müsste. Plötzlich empfängst du Funksignale. Sie kommen von einer Rakete, die eine aufgezeichnete Botschaft per Funk aussendet. Die Botschaft ist digital verschlüsselt. Du gibst dem Computer schnell den Befehl sie zu entschlüsseln. Dann sagst du Nick, er solle auf den Monitor sehen. Die Botschaft ist schon auf dem Bildschirm zu sehen.

An die ATHENA von der NIMROD. Mayday. Mayday. Unsere Mission ist zu Ende. Haben in unseren Haupttriebwerken keine Energie mehr. Wir werden in das Schwarze Loch gezogen. Wenn euch dieser Brief erreicht, falls er euch überhaupt erreicht, gibt es uns nicht mehr. Viel Glück, Freunde, und lebt wohl.

Euch laufen die Tränen herunter. Das Schicksal der *Nimrod* ist besiegelt, denn jetzt können sie nicht mehr auf den richtigen Kurs kommen, und sie fliegen nicht mit der richtigen Geschwindigkeit, um durch das Schwarze Loch zu kommen.

„Wir haben nicht mehr genug Treibstoff und Sauerstoff, um zur Basis zurückzukehren. Wir können nicht einmal nach Nicron fliegen."

„Ich werde den Computer fragen, was wir für Rettungsmöglichkeiten haben", sagst du.

Dir kommt es ewig vor, aber in Wirklichkeit sind es nur ein paar Sekunden, bevor die Antwort auf dem Monitor erscheint: **Es gibt keine Rettungsmöglichkeiten.**

Lies weiter auf Seite 57

Space
No
U.S.A
Order

Ihr sprengt die Luke mit so viel Energie auf, dass sich im zähen, klebrigen Lehmboden, der das Raumschiff umgibt, ein kleiner Krater bildet. Du und Nick krabbelt durch die Luke nach draußen und benutzt abwechselnd den Düsenantrieb an euren Raumanzügen. Die Hitze eures Düsenantriebs bringt die schwere, klebrige Masse zum Schmelzen und löst sie dann ganz auf. Durch den entstehenden Tunnel könnt ihr immer ein paar Zentimeter weiterkriechen. Meter für Meter kämpft ihr euch weiter durch den Lehmboden.
Ihr merkt, dass ihr mehr Treibstoff braucht, als ihr erwartet hattet. Ihr habt noch mehrere Meter vor euch, als Nicks Treibstoff ausgeht.
Jetzt liegt es ganz allein an dir. Du sprengst mehr Lehm weg und bewegst dich vorwärts. Es kann nicht mehr sehr weit sein, denkst du. Du sprengst weiter und hast ein paar Zentimeter gewonnen. Dann geht dir der Treibstoff aus, genau wie Nick.
Jetzt sieht es schlecht aus. Ohne eure Ausrüstung könnt ihr euch nicht durch dieses Zeug graben. Ihr liegt im Tunnel und versucht euch die letzten Meter mit den Händen weiterzugraben. Nick ist dicht hinter dir. In seiner Stimme schwingt Angst mit.

Lies weiter auf Seite **113**

Drei Tage und drei Nächte lang wandert ihr im hohlen Planeten herum. Doch wie Nick schon vermutet hatte, gibt es hier eigentlich keine Nächte. Der Himmel ist immer klar und bernsteinfarben. Wenn ihr müde werdet, schlaft ihr in einem Bett aus Lavendelmoos.

Während ihr so umherwandert, seht ihr viele merkwürdige Geschöpfe und viele schöne Pflanzen. In den Senken, wo bernsteinfarbene Weinstöcke wachsen, findet ihr genügend Wasser. Es schmeckt, als würde es aus einer kühlen, klaren Quelle kommen. Und die gelben, orangefarbenen und roten Früchte, die ihr esst, sind süßer und saftiger als alle Früchte, die ihr je auf der Erde gegessen habt.

Gelegentlich seht ihr Spitzzahnbären, die oft auf euch zulaufen, aber sie sind sehr langsam. Ihr könnt sie abschütteln ohne außer Atem zu kommen. Immer wenn ihr das Lavendelmoos erreicht habt, seid ihr in Sicherheit, denn die Bären kommen tatsächlich nicht in seine Nähe.

Ihr seht auch noch viele andere Tierarten, aber keine erscheint euch gegenüber feindlich gesinnt. Außer den Bären scheinen alle Tiere von Baru-Kamm Pflanzenfresser zu sein. Und solch eine schöne Landschaft habt ihr nie zuvor gesehen.

Lies weiter auf Seite **122**

Ihr erreicht die Wiese, auf der die Vogelkreaturen gefressen haben. Sehr bald findet ihr die Objekte ihrer Begierde. Es sind niedrige Büsche mit großen, saftigen roten Beeren. Es gibt sie überall und die meisten Beeren wurden noch nicht einmal angerührt. Ihr habt Angst davor, giftige Pflanzen zu essen. Auf der Erde würdest du eine dir unbekannte Beere nicht einmal anrühren, aber hier ist keine andere Nahrung in Sicht. Du pflückst eine Beere und riechst daran. Sie scheint in Ordnung zu sein. Du berührst die Beere mit der Zunge, dann beißt du ein Stück ab. Sie schmeckt gut, sie schmeckt sogar köstlich.
„Ich glaube, die sind genießbar", sagst du zu Nick. Er probiert auch eine und dann noch eine.
„Die sind nicht nur genießbar, die schmecken hervorragend."
„Iss nur ein paar. Danach sollten wir abwarten und schauen, ob wir sie vertragen."
Aber Nick steckt eine Beere nach der anderen in den Mund.
„Nichts, was so gut schmeckt, kann einem nicht bekommen", antwortet Nick. „Ich habe gar nicht gemerkt, wie hungrig ich war!"
Du hast auch Hunger und isst ebenfalls viele Beeren. Was für ein Glück! Das sind die schmackhaftesten Früchte, die du je gegessen hast.

Lies weiter auf Seite **117**

Dein Name steht neben dem von Nick auf einer Gedenktafel aus Messing am Haupteingang der Raumfahrt-Akademie. Man wird sich immer an euch erinnern – als die größten Erforscher des Weltraums. Aber ihr werdet nie so berühmt werden wie die paar erfolgreichen Männer, die es geschafft haben, das Schwarze Loch zu durchfliegen.

ENDE

Das ist nicht die Zeit, um lange Überlegungen anzustellen. Du hast nur noch ein paar Sekunden Zeit! Du hangelst dich am Sicherheitsgeländer von den Triebwerken nach vorn. Schnell hast du das Steuerbordfenster erreicht, von wo du die Kontrollkonsole sehen kannst. Du schaust hinein. Nick hängt in seinem Sessel. In seinen Haaren siehst du einen rötlichen Fleck – es ist Blut. Aber du siehst, dass er noch atmet. Irgendein Gegenstand hat ihn wahrscheinlich am Kopf getroffen, als das Schiff durch den Ereignishorizont geflogen ist.
Du nimmst einen Schraubenschlüssel aus deiner Werkzeugtasche und klopfst gegen das Kabinenfenster. Nick bewegt sich ein bisschen. Du klopfst das SOS-Signal. Du klopfst so fest an das Fenster, dass es zerbrechen würde, wenn es nicht aus Weltraumglas gemacht wäre.
Nick bewegt sich wieder. Er hebt den Kopf. Du klopfst immer weiter ans Fenster. Benommen wendet er den Kopf und sieht dich. Langsam steht er auf und strauchelt in Richtung Luke. Er will die Luke öffnen! Zum Glück trägt er noch seinen Kopfhörer.
„Nick!", schreist du in das Mikrofon. „Die äußere Luke ist abgerissen. Du musst den Druck ausgleichen."
Nick zeigt, dass er verstanden hat. Dann ist alles still. Du entspannst dich etwas. Du weißt, dass Nick den Druckausgleich ganz langsam machen muss, indem er die Kabinenluft in einen Tank leitet, damit nicht alle losen Gegenstände in der Kabine in den Weltraum gesogen werden, wenn die Luke geöffnet wird. Wenige Augenblicke später lässt er dich wieder ins Raumschiff.

Lies weiter auf Seite 81

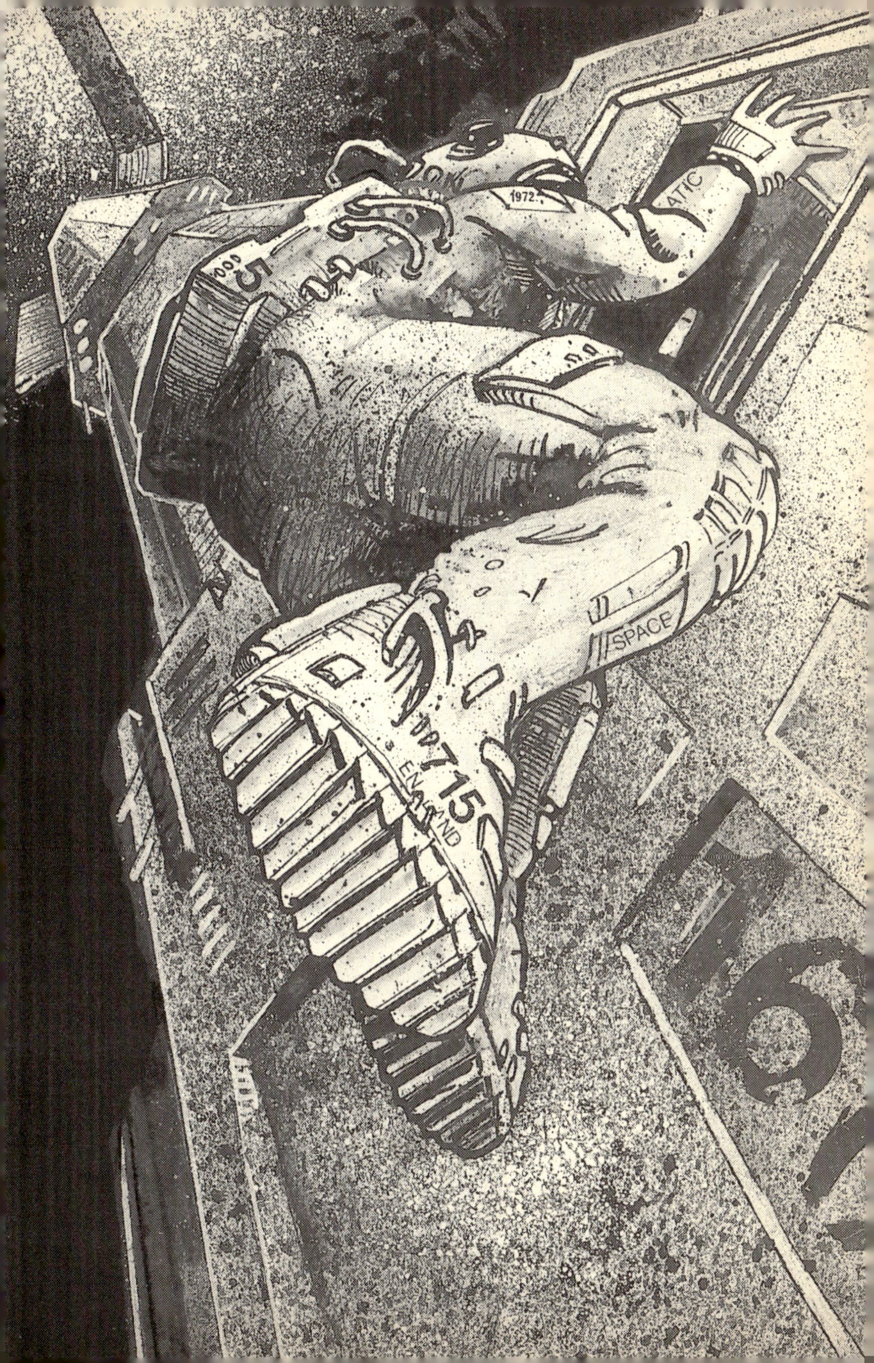
1972
SPACE
715

„Die Geist-Kraft hat uns davor gewarnt, den Fluss zu überqueren", sagst du, „und wahrscheinlich gibt es einen guten Grund dafür. Auf unserer Seite des Flusses gibt es vieles, was wir noch nicht gesehen haben. Komm, wir gehen flussaufwärts in Richtung der roten Berge."

„Sieh her!", ruft Nick.

Von allen Dingen, die euch seit eurer Reise durchs Schwarze Loch passiert sind, ist das doch das merkwürdigste. Es ist ein Mensch, der etwa so alt ist wie du, und du hast den Eindruck, dass er beinahe auch so aussieht wie du.

Die Gestalt winkt und kommt auf euch zu.

„Das kann nicht wahr sein", flüstert Nick.

„Wahrscheinlich werden wir verrückt", sagst du zu ihm.

„Wer … wer sind Sie?", platzt Nick heraus.

Die Gestalt sieht ganz nett aus. Sie hat dunkle, lockige Haare und freundliche blaue Augen. Etwas an ihrem Gang ist merkwürdig und auch an ihrer Gesichtsform. Es sieht beinahe so aus, als wäre es eine Maske aus Plastik.

„Nennt mich Baru", sagt die Gestalt mit freundlicher Stimme.

„Wer sind Sie? Kommen Sie von der Erde?", fragt Nick.

„Wir sehen aus wie Menschen, aber sind es in Wirklichkeit nicht. Wir sind der Geist von Baru-Kamm."

„So wie die Schmetterlinge?", fragst du nach.

Lies weiter auf Seite 124

Lies weiter auf Seite → 103

Du kannst die Bedienungsknöpfe deines eingebauten Düsenantriebs spüren, da deine Raumhandschuhe an jeder Fingerspitze Sensoren haben. Du programmierst die langsamste Geschwindigkeit ein und gibst den Startbefehl. Der Düsenantrieb startet mit einem kleinen Ruck und bringt dich schnell vorwärts. Innerhalb einer Sekunde hast du das Triebwerk erreicht, aber du bist zu schnell, um dich dort festzuhalten. Das Sicherheitskabel reißt wie ein Stück Faden. Du schießt mit rasender Geschwindigkeit in den Weltraum hinaus – weit weg von der *Athena*. Der Computer hat zu viel Energie gegeben. Plötzlich wird dir klar, wie es zu diesem Computerfehler kommen konnte. Der Computer hat die relativistischen Effekte nicht mitberechnet. Warum haben die Programmierer auf der Erde das nicht bedacht? Du hast keine Zeit darüber nachzudenken – du musst schnell zum Schiff zurück. Verzweifelt drückst du den Knopf für den Rückwärtsgang. Du wirst brutal herumgerissen, als sich dein Kurs ändert. Diesmal wirst du das Kontrollieren der Energie nicht dem Computer überlassen. Du wirst auf althergebrachte Weise von Hand manövrieren, damit du Energie und Antriebskraft selbst regulieren kannst. In einer halben Sekunde bist du am Triebwerk – genau in dieser Sekunde reißt der Riss im Schiff ganz auf. Du hörst, wie der Sauerstoff aus der *Athena* herausströmt. Dann gibt es eine Explosion.

ENDE

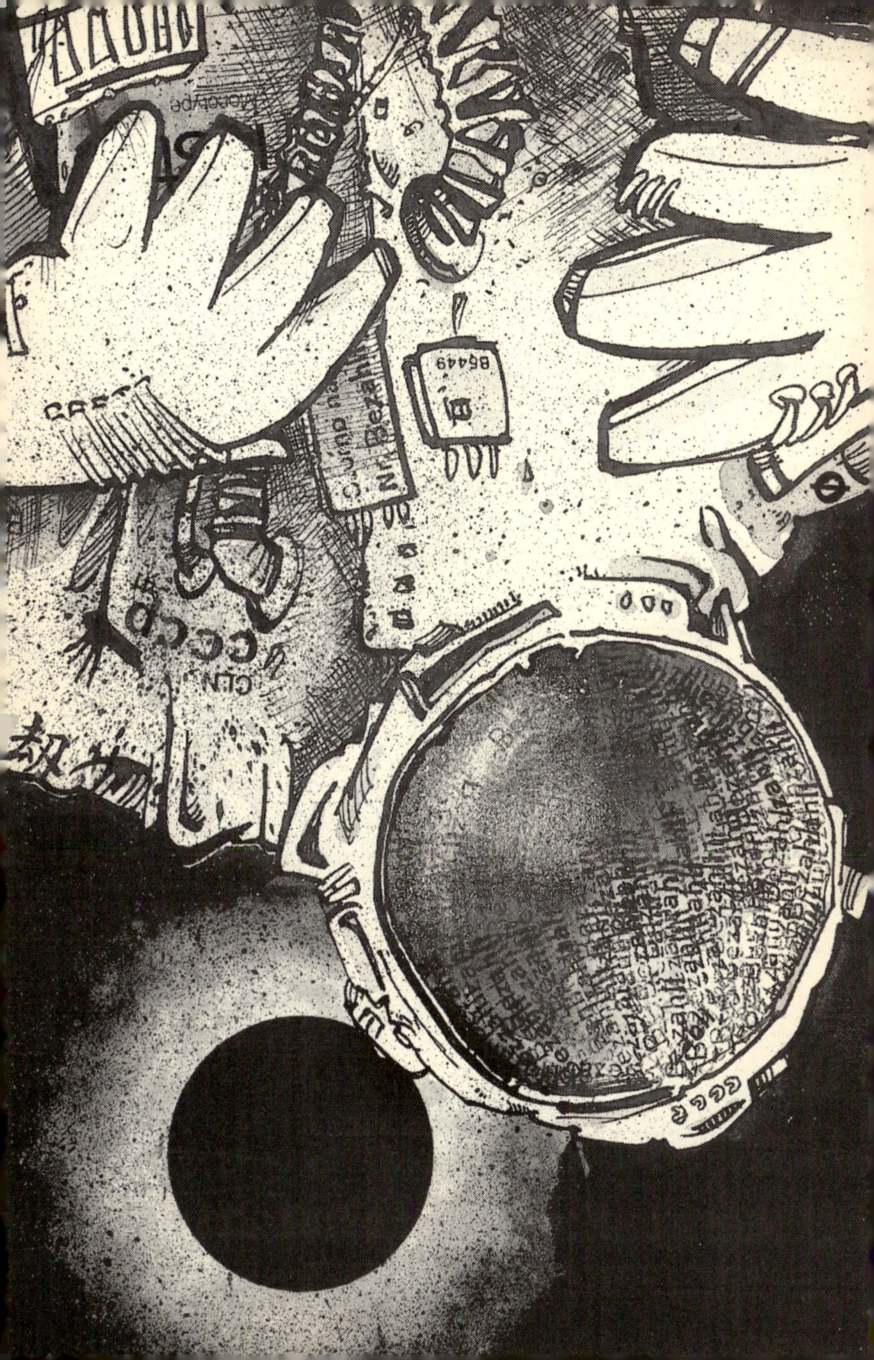

Während Baru redet, schaust du nach oben zum Weißen Loch. Alles was du jedoch sehen kannst, ist die andere Seite des Planeten, die auf dem Kopf stehenden Berge und den violett gefärbten Ozean. Plötzlich hast du eine Idee.
„Baru, gibt es einen Weg durch das Weiße Loch, auf dem wir in unser eigenes Universum zurückfliegen könnten?"
„Ja", stimmt Nick zu, „ich würde nicht so gern auf dem Weg zurückfliegen, auf dem wir gekommen sind."
Baru nickt. „Wir sind gerade dabei, hier auf Baru-Kamm einen perfekten Planeten zu errichten. Er wird mit wunderbaren Pflanzen und Lebewesen angefüllt sein. Ein paar davon habt ihr ja schon gesehen. Ich bin sicher, ihr werdet es faszinierend finden, hier zu leben. Ihr könntet Dinge lernen und tun, die ihr auf der Erde – beziehungsweise in eurem ganzen Universum – niemals lernen oder tun könntet. Außerdem würdet ihr hier nicht alt werden und könntet ewig leben. Wir verstehen, warum ihr nach Hause zurückkehren wollt, und wir werden unser Möglichstes tun, um euch zu helfen, aber wir müssen euch warnen. Obwohl wir viel weiter entwickelt sind als Erdlinge, gibt es Grenzen für das, was wir tun können. Wir könnten einfach durch ein Schwarzes Loch fliegen, wie ihr es getan habt, aber in diesem Universum gibt es keine Schwarzen Löcher, nur Weiße. Um in Schwarze Löcher zu fliegen, muss man nur hineintauchen. Mit den Weißen Löchern ist das problematischer. Je näher man kommt, desto fester stoßen sie einen ab. Sogar mit Triebwerken, die millionenfach stärker sind als alle, die auf der Erde bekannt sind, hättet ihr nicht genug Schubkraft, um in ein Weißes Loch zu fliegen."

Lies weiter auf Seite 40

„Wir müssen etwas tun. Der Druck dieses Zeugs lässt den Tunnel hinter uns wieder einstürzen!“ Nick leuchtet mit einer Taschenlampe zurück zum Schiff. „In dem Moment, in dem wir einen Durchgang gegraben haben, fällt der Lehm wieder zusammen.“

„Wie diese Autoreifen, die ein Loch wieder selbst verschließen“, sagst du.

„Ja, und ohne Hilfsmittel werden wir es nie schaffen, zum Schiff zurückzukehren.“

Du versuchst den Lehm mit den Händen wegzuschaufeln – immer schneller.

„Verfall jetzt nicht in Panik. Wir werden uns etwas ausdenken“, versucht dich Nick zu beruhigen.

Aber du hast Panik. Die Schlammmassen drohen euch einzuschließen. Du gräbst wie ein Tier, das den Verstand verloren hat. Du kannst nicht mehr. Dein rechter Arm lässt dich im Stich. Du gräbst mit der linken Hand weiter. Plötzlich fühlst du zwischen deinen Fingern keinen Lehm mehr. Deine Hand ist draußen. Ihr habt die Oberfläche erreicht!

Lies weiter auf Seite 87

Noch nie hast du dich so allein gefühlt. Du bist nicht nur im Weltraum gefangen, sondern es gibt nicht einmal mehr ein paar Sterne, die dir Gesellschaft leisten können. Der Himmel sieht aus wie leer gefegt. Als Astronaut bist du an den Anblick von Sternen und Galaxien gewöhnt. Im Weltall scheinen die Sterne immer viel heller zu leuchten als von der Erde aus gesehen. Aber du bist nicht nur von anderen Menschen und einer schützenden Unterkunft abgeschnitten, sondern vom ganzen Universum.

Du krabbelst in die Luftschleuse und versuchst Nick noch einmal über Funk zu erreichen. Du hast kein Glück. Du klopfst gegen die Tür. Er müsste es eigentlich hören können. Du klopfst noch einmal so laut du kannst. Du klopfst immer weiter. Dann wartest du einen Moment. Immer noch keine Antwort.

Was ist los mit Nick? Lebt er noch?, fragst du dich.

Du versuchst dir über die Situation klar zu werden.

Ihr befindet euch jetzt in dem Bereich, von dem aus kein Licht nach außen dringen kann. Kein Teleskop auf der Erde oder in einem Außenposten im Weltraum könnte euch sehen – egal wie stark das Teleskop auch wäre.

Ihr seid noch Millionen von Meilen von der Singularität entfernt, wo alle Materie zu einem Nichts zusammengedrückt wird. Aber ihr bewegt euch mit Lichtgeschwindigkeit auf diesen Ort zu. Ihr werdet ihn in weniger als einer Minute erreichen.

Lies auf der nächsten Seite weiter.

Nach den physikalischen Gesetzen habt ihr keine Überlebenschance. Aber manche Wissenschaftler behaupten, dass physikalische Gesetze im Schwarzen Loch nicht gelten, weil keiner sagen kann, was passiert, wenn Materie zu einem geometrischen Punkt zusammengepresst wird.
Theorien sind eine Sache, aber eure Überlebenschance kann nicht sehr hoch sein – nicht einmal im Raumschiff! Doch du musst etwas tun. Warum hat Nick dich nicht gehört? Er braucht vielleicht deine Hilfe. Vielleicht solltest du die Tür aufsprengen. Falls du das tust, wird die Kabine Druck verlieren, und das könnte für Nick gefährlich werden – falls er überhaupt noch lebt. Du wägst das Für und Wider ab und entscheidest dich dann.

**Wenn du die Tür mit Gewalt öffnest,
lies weiter auf Seite** **34**

**Wenn du die Tür nicht öffnest,
lies weiter auf Seite** **63**

Ihr esst fröhlich eure Beeren, sodass ihr gar nicht mehr an die Raubtiere denkt, vor denen die vogelartigen Kreaturen vorher auf der Hut waren. Ihr hört sie erst, als sie euch schon fast erreicht haben. Es sind riesige, bärenartige Raubtiere mit enorm großen Kiefern und Zähnen wie Speere. Aber sie sind langsam und unbeholfen. Ihr hättet leicht vor ihnen wegrennen können, wenn ihr sie rechtzeitig gesehen hättet.
Ihr habt es genossen, die Beeren zu essen, aber die bärenartigen Raubtiere werden es noch viel mehr genießen, euch zu essen.

ENDE

Du siehst lange aus dem Fenster und betrachtest die endlosen Weiten des grünen Weltraums, der außer den glatten, grauen Planeten ganz leer erscheint.
„Wir könnten weiter hin und her kreuzen und hoffen, dass wir eine andere Möglichkeit finden. Aber egal, wo wir hinfliegen, wir werden immer das gleiche Problem mit der Abstoßkraft haben. Und unsere Nahrungs- und Sauerstoffvorräte werden nicht mehr lange ausreichen."
Nick starrt aus dem Fenster. Du weißt, dass er verzweifelt versucht eine andere Möglichkeit zu sehen, einen erdähnlichen Planeten zum Beispiel! Endlich dreht er sich um und sieht dich an. „Entscheide du es, Kumpel."

Wenn du mit voller Energie auf den grauen Planeten zufliegen willst, lies weiter auf Seite **89**

Wenn du weiterfliegen willst und hoffst, dass ihr einen anderen Ausweg finden werdet, lies weiter auf Seite **84**

Überall wo du hinsiehst, entdeckst du Sterne und Sternennebel. Mithilfe deines Fernrohrs kannst du verschwommene Lichtflecken ausmachen. Wenn du eine größere Vergrößerung einstellst, erkennst du eine vertraute spiralförmige Anordnung.

„Falls wir in einem anderen Universum sind, scheint es unserem sehr ähnlich zu sein", sagst du zu Nick. „Mehr noch, wir scheinen in einer Galaxie zu sein, die unserer Milchstraße ganz ähnlich ist."

„Es ist möglich, dass wir durch das Schwarze Loch geflogen sind und wieder in unserer Galaxie herausgekommen sind."

„Der Computer müsste uns sagen können, wo wir uns befinden."

Der Computer muss die Lage von tausenden von Sternen und anderen Galaxien bestimmen. Obwohl es ein Hochleistungscomputer ist, dauert es fast zehn Minuten, bevor auf dem Bildschirm eine Antwort erscheint:

Die Sterne sind hier an ganz anderen Orten, als sie sein sollten, aber die Galaxien befinden sich in der Nähe der normalen Positionen.

Sonst ist auf dem Bildschirm nichts mehr zu sehen, aber ein gelbes Licht zeigt an, dass der Computer an einer genaueren Analyse arbeitet.

Lies weiter auf Seite **79**

„Dies ist ein wunderschöner Ort", sagst du zu Nick, „aber ich will nicht für immer hier bleiben. Ich bin bereit, das Risiko auf mich zu nehmen."

„Ich auch", sagt Nick.

„Ihr seid mutig", meint Baru. „Wir werden tun, was wir können, um euch zu helfen und damit ihr erfolgreich sein werdet. Und jetzt schaut euch noch einmal um, denn während ihr in eine andere Form transformiert werdet, werdet ihr nicht bei Bewusstsein sein. Ihr werdet nicht einmal träumen können."

Baru tritt euch entgegen und schüttelt euch beiden die Hände. Dann ist es, als ob ihr in einen traumlosen Schlaf fallen würdet.

Lies weiter auf Seite **16**

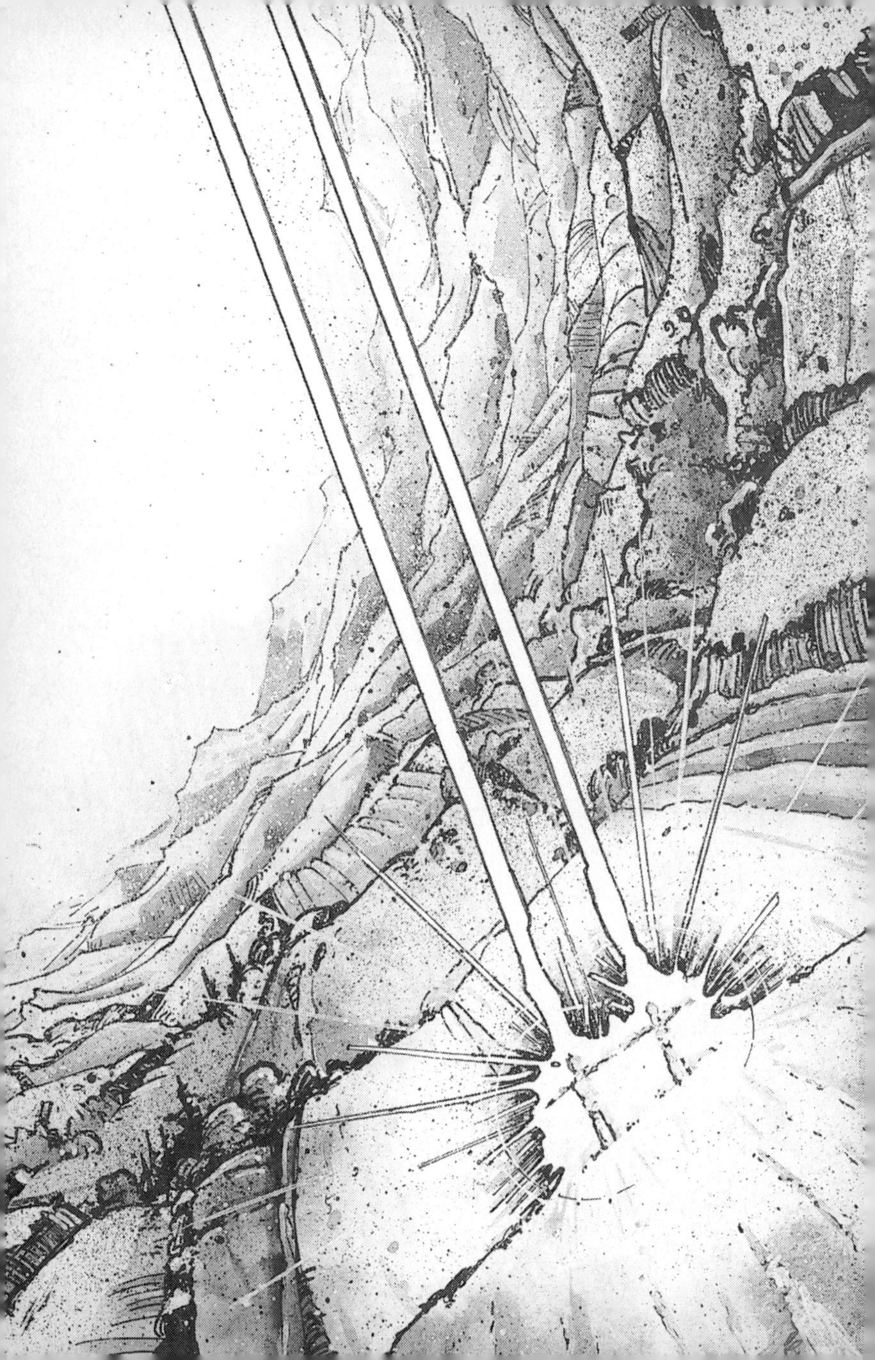

Nach einer weiteren Tagesreise kommt ihr an einen Fluss, der euch den Weg versperrt. Er sieht weder tief noch gefährlich aus. Das Wasser ist außergewöhnlich klar und ihr könnt sehen, dass der Sand im Flussbett rosa ist. Er ist nicht breiter als 20 Yards, aber die Strömung ist ziemlich stark.

„Ich nehme mal an, wir müssen umkehren", meint Nick.

„Warte mal kurz", antwortest du. „Vielleicht könnten wir hinüberwaten. Wir können ja immer noch umdrehen, wenn der Fluss zu tief oder die Strömung zu stark wird."

„Ich weiß nicht", sagt Nick. „Der Geist von Baru-Kamm hat uns davor gewarnt."

„Wir müssen jemanden finden, mit dem wir reden können, jemanden, der uns hilft", entgegnest du. „Vielleicht ist auf der anderen Seite des Flusses etwas, das uns helfen könnte, etwas, das wir vom Geist von Baru-Kamm aus nicht finden sollen."

„Vielleicht", grübelt Nick. „Aber meinst du wirklich, wir sollten es riskieren?"

Wenn ihr den Fluss überqueren wollt,
lies weiter auf Seite **25**

Wenn ihr es nicht riskieren wollt,
lies weiter auf Seite **106**

Nick beugt sich über den Computer und versucht herauszufinden, was passiert ist.
„Lass den Verseuchungsscan durchführen", sagst du zu Nick. Nick gibt ein paar Befehle in den Computer ein. Kurz darauf erscheinen die Daten auf dem Bildschirm: **Die Ventile der rückwärtigen Triebwerke sind verstopft. Vorfall vergleichbar mit Ausfall der Haupttriebwerke.**
„Können wir etwas tun?", will Nick wissen.
Du überlegst kurz, dann schüttelst du langsam den Kopf. Es wäre schön, wenn ihr noch hoffen könntet, aber es ist aus. Euer Raumschiff ist in der lehmigen Oberfläche eines namenlosen Planeten gefangen – in einem namenlosen Universum irgendwo jenseits des Schwarzen Lochs.

ENDE

Die Gestalt nickt. „Aber jetzt haben wir eine euch ähnliche Gestalt angenommen, damit wir auf eine freundlichere Art mit euch Kontakt aufnehmen können."

„Aber Sie haben vorher ‚wir' gesagt. Sind Sie eine Person oder viele?"

„Beides", antwortet Baru. „Aber die Erklärung würdet ihr nicht verstehen."

„Wie meinen Sie das, wenn Sie sagen, dass Sie der Geist von Baru-Kamm sind", hakt Nick nach.

Die Gestalt lächelt euch einen Moment lang an und hebt einen Finger. Ein Blitz ist am Himmel zu sehen. Der Geist von Baru-Kamm klatscht in die Hände und Donnergrollen poltert durch das Tal. Dann lässt er seine Arme zur Seite sinken und alles ist wieder still.

Lies weiter auf Seite 48

Edward Packard

Die Insel der 1000 Gefahren

RTB 2022

Du wachst am Strand einer einsamen Insel auf. Wirst du überleben, wird dich jemand entdecken? Das hängt ganz allein von dir ab. Immer wieder musst du entscheiden, wie die Geschichte weitergehen soll. Auf der Wanderung über die Insel kannst du immer wieder neue Abenteuer erleben.
ab 9

R. A. Montgomery

Die Spur des Bären

RTB 2016

Sobald du das Buch aufschlägst, bist du der Urenkel des Arktisforschers Red Olsen. Dein Auftrag: Kläre sein rätselhaftes Verschwinden auf! Dabei kannst du mehrere Wege gehen und selbst entscheiden, wie die Geschichte weitergehen soll.
ab 10

Edward Packard

Gefahr im Strafraum

RTB 2040

Du bist die Hauptperson dieses Buches. Dein Ziel ist es, ein berühmter Fußballspieler zu werden. Doch das wird dir nur gelingen, wenn du immer die richtige Wahl triffst, auf welcher Seite du weiterlesen willst. Es gibt viele Wege ans Ziel zu kommen, doch auf jedem lauern 1000 Gefahren!
ab 10

R. A. Montgomery

Katastrophentag

RTB 2109

Der Tag beginnt damit, dass deine selbst gebastelte Rakete das Dach des Nachbarhauses zerstört. Doch das ist erst der Anfang – es kommt noch schlimmer. Ob dieser Tag so katastrophal endet, wie er begonnen hat, liegt an deinen Entscheidungen, auf welchen Seiten du jeweils weiterlesen willst. Ein Buch, in dem 1000 Gefahren lauern!
ab 10

R. A. Montgomery

Die Juwelen von Nabooti

RTB 2055

Du bist die Hauptperson und musst dich auf die Suche nach den Juwelen von Nabooti machen. Die Juwelen, die geheimnisvolle Kräfte besitzen, sind in die falschen Hände geraten. Du wirst sie nur finden, wenn du immer die richtige Wahl triffst, auf welcher Seite du weiterlesen willst.
ab 10

R. A. Montgomery

Dem Yeti auf der Spur

RTB 2078

Du befindest dich auf einer Expedition. Dein Ziel ist es, den Yeti zu finden und zu fotografieren. Doch 1000 Gefahren lauern in verschneiten Gebirgswäldern und auf riesigen Gletschern. Daher überlege gut, auf welcher Seite du jeweils weiterlesen willst.
ab 10